EL AÑO QUE ME FUI

EL AÑO QUE ME FUI

"El arte no es de nadie ni del que lo crea, ni del que lo aprecia, rechaza o compra. El arte nos afirma. No posee ni un tiempo, ni ocupa un lugar, su espacio enclava más allá de la física y de lo material. Schneider lo deja muy claro en esta, su magistral obra sacada del tiempo. *El año que me fui* es un libro en el que cada una de las filosofías adquiere su propio universo físico."

—Lourdes I. Ramos-Rivas, Ph.D.
Presidenta & CEO
Museum of Latin American Art

"Luego de un acontecimiento traumático, un hombre atormentado huye de su pasado y se lanza sin un plan concreto a las calles de una mega urbe que de a poco lo engulle en sus entrañas. Los fantasmas mentales van horadando paulatinamente su racionalidad hasta límites insospechados, donde Schneider logra en primera persona un relato frenético que no da descanso y nos conduce a un espiral emocional agónico y desesperante. El estado de tensión y esquizofrenia están logrados de manera magistral."

—Juan Ranieri
Ganador del Premio Fundación Gottlieb

"El libro de Schneider es un vertiginoso recorrido por la bohemia Buenos Aires desde la perspectiva de un narrador para quien la idea de la "ronda diaria" adquiere dimensiones cada vez más surrealistas e inquietantes."

–Joshua Peralta
3rd & Orange

"*El año que me fui* es una inusual mezcla de la rebelión social de Camus y Sartre con el caos ordenado de Cortázar. Los personajes de la novela, un conjunto de filosóficos y a veces mágicos seres, se refractan a través el cristal dentado de Buenos Aires, exponiendo un espectro enloquecedor de intenciones y dudas, el deseo de derribar y construir, tanto para escapar de la realidad como para abrazarla en toda su extensión."

–Steven T. Bramble
Disposable Thought y *Affliction Included*

EL AÑO QUE ME FUI

JORGE SCHNEIDER

PATHOS

LONG BEACH   OAKLAND

PATHOS

El año que me fui

Published by
Pathos Press
Long Beach, CA

Gracias infinitas a Steven Bramble, quien siempre creyó en mi y en mi trabajo. Y cuyos consejos construyeron un mejor libro.

ISBN: 978-1-7325766-4-3
Paintings by: Jorge Schneider
Cover and Interior Design: Steven T. Bramble

a Alejandra

por ser mis noches y mi sol

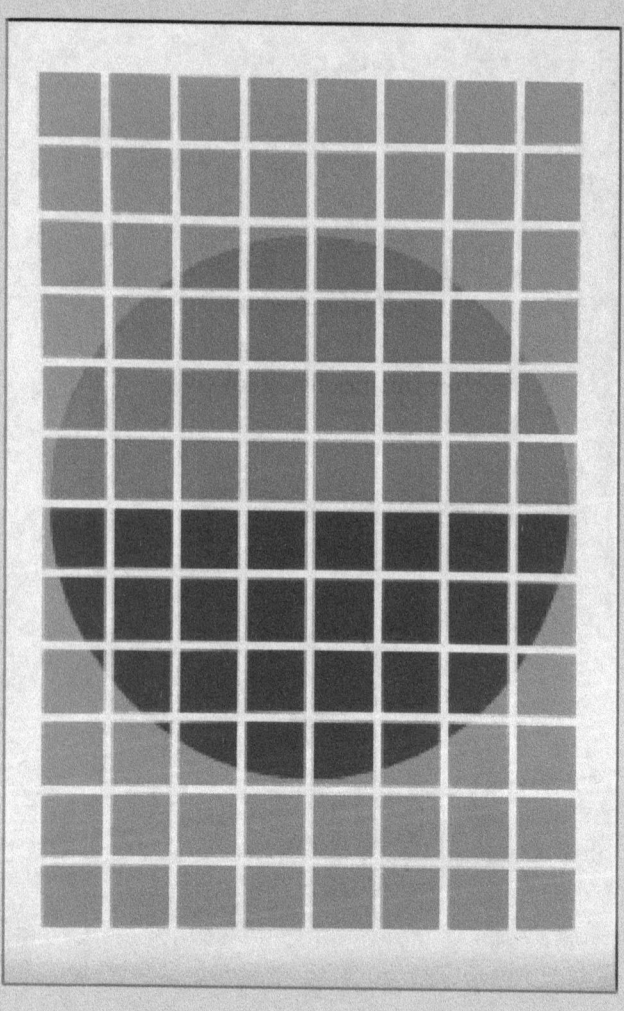

1

Catorce días. Trescientas treinta y seis horas. Ni una más ni una menos. El reloj avanza y aún no encuentro nada. Por ahora paro en la pensión de la calle Defensa a pasitos de la city porteña, donde todos corren como locos de un lugar a otro con gestos adustos, tensos, preocupados. Algunos describen ese muestrario de rostros como seres maduros, confiables, desprovistos de la irresponsabilidad de una sonrisa aun cuando el momento invite a hacerlo. Los veo. Los sigo con la mirada cada mañana que me interno por 25 de mayo en busca de algún rostro que me devuelva las ganas de seguir adelante o al menos de no quedarme estancado. Sus ojos gélidos y perdidos no me molestan, pero el poder de decisión que portan por el simple hecho de ser adultos en la plenitud de sus vidas, y los adultos más productivos siempre deciden por los viejos y los niños, me da escalofríos y de a poco me sofoca. Al llegar a Reconquista tomo para el lado de Retiro y luego me adentro en avenida Libertador y su ancho inmenso. Tan inmenso como la brecha que me separa de los habitantes de estas torres altísimas que miran al río de una forma para mí desconocida.

Dos semanas. Ni un día más. Mi cuarto ya está alquilado a partir del primero. Apurado como siempre notifiqué mi salida hace una semana seguro de que encontraría algo al menos un poco más decente que el cuartucho que actualmente moro. Pero Buenos Aires, este Buenos Aires, el de hoy, está superpoblado como los colectivos en las horas pico. Por sus calles deambulan todo tipo de almas sin dirección alguna más que la de encontrar un lugar donde tirarse y pasar la noche. La plaza Houssay en la avenida Córdoba es un albergue permanente para decenas de deshechos humanos. Esos que mean y cagan a la intemperie entre el lujo de los edificios que en un intento desesperado buscan despegarse de tanta inmundicia y esconderse en las alturas azules.

Lo extraño de todo es que hasta hace diez meses mi vida era tan normal como la de los financistas de la City. De alguna forma elegí esa vida. Tal vez busqué, luego de mi fallida incursión en la filosofía, el orden de los números para buscar encarrilar un caos naciente. Enfundado en el traje más nuevo todas las mañanas, durante cinco años, besé a Susana en la puerta y me perdí con la fuerza laboral entre subtes y cafés abarrotados. Por años tuve un buen pasar. Los sábados iba con mi señora al club a jugar al tenis y a tomar unos cuantos aperitivos con amigos. A la noche Susana se arreglaba con esa superficialidad que refleja el maquillaje excesivo, ese que intenta ocultar un trazo del cutis que no es producto del envejecimiento, y se tiraba encima los trapos más caros como toda mujer de clase media acomodada. Nos íbamos al teatro o al cine, y luego a cenar. Claro que siempre íbamos más por el hecho de ser vistos y no por el mérito de la obra en cuestión. Los domingos eran del padre Julián y sus sermones. Susana estaba convencida del valor social de la iglesia; no de su fe. Para ella ir a misa era algo así como ir a un té canasta, hola por acá, besos por allá y de paso, con gran congoja y a la vista de todos, una oportunidad para mostrar su lado caritativo con algún pobre infeliz recostado en las escaleras de la casa del Señor. El fin de semana, indefectiblemente, terminaba con ella acostada boca arriba sobre las sábanas de seda y mi lomo prensado a su piel en un vaivén al ritmo de sus gemidos. Al acabar nos duchábamos y nos íbamos a dormir. Nuestro amor, si alguna vez lo hubo, hacía rato que era una memoria lejana, algo así como un eco casi imperceptible que cada vez que rebota en algún lado se apaga más y más. Nos divorciamos al comienzo de diciembre. Al no tener chicos la cosa fue más simple, pero ella se quedó con el departamento de la avenida Las Heras y con el arte que durante años acumulamos solo por el status que nos daba frente a nuestras amistades y la urgencia de Susana por demostrarse refinada y culta. La financiera la dejé de un portazo y me importó un comino el puente que quemé en esa industria.

Desde entonces me gano la vida con changas ya sea ayudando a alguien a llevar la contaduría de su negocio por moneditas o, como ayer, dándole una mano a Gustavo, un pintor amigo, con un proyecto en un country de la zona sur del gran Buenos Aires. Zona que yo nunca había pisado por esas cosas de que Buenos Aires es solo el norte. Así voy tirando. De una cosa estoy seguro no quiero volver al mundo frío y déspota de las financieras. Ese mundo obsesionado con las tasas de interés y las ganancias a cualquier precio. Algo más humano debe existir. Algo que me permita vivir como Dios manda, aunque el Señor realmente no manda a nadie, sólo el clérigo lo hace. La única excusa de Dios es que no existe, dijo alguna vez Sthendal; La única excusa del clérigo es mantener a Dios vivo, digo yo ahora. Entonces busco desnudo, con lo que soy, lo poco que soy. Dentro de lo insignificante que es mi vida al compararla con todos los que me precedieron y aquellos que me seguirán, busco algo que me despierte, que me arranque el cadáver que poco a poco crece en mi interior con la fuerza hercúlea de la nada. Dos semanas, ¡q' lo parió!, diría el genial negro rosarino, ¡q' lo parió! Mucha plata no tengo así que debo encontrar algo modesto que al menos no esté infestado de cucarachas y otros insectos. No que ellas no tengan derecho a vivir, sino que yo tengo derecho a vivir sin ellas. La libre asociación es una piedra fundamental de cualquier civilización.

A pesar de los turistas, tengo ganas de quedarme en San Telmo. En la avenida Libertador no me hallo. No hay vuelta que darle. Debo ser un plebeyo incondicional. Plebeyo sí; comunista no. La libertad colectiva no es más que el asesino metódico de la libertad individual. El hombre sin ego no es otra cosa que un idiota robotizado.

Regreso sobre mis pasos y cruzo la plaza de Mayo con sus monumentos pintarrajeados y llenos de reclamos sociales, mientras el gobierno se valla a sí mismo. Doblo en Paseo Colón y subo por Independencia, paso Bolívar y llego a Perú. Allá en un galpón reciclado en loft hay un cartel en uno de los ventanales, escrito a mano, que reza: alquilo cuarto. Toco el timbre y espero. Estoy un poco nervioso. Me veo a mí mismo como un mochilero de ciudad que busca pernoctar en algún refugio más o menos limpio. La pesada puerta de hierro se abre. Detrás de ella se escucha un suspiro.

—Discúlpeme. Lo que pasa es que es pesadísima.

—Ya no las hacen como antes. Esta es una joya.

La mujer, esbelta, de cabello enrulado y castaño, me estudia por un instante, sus ojos negros como el ébano. Es preciosa, ella lo es. El loft también parece serlo.

—¿Lo puedo ayudar en algo?

Señalo el cartel.

—Son dieciocho mil pesos al mes. Los primeros dos meses por adelantado.

—¿Y los siguientes?

—Del primero al seis.

—¿Puedo pasar a verlo?

Sigo la seña de su mano y subo una escalera de granito enmarcada por bloques enormes de mármol de Carrara. La mujer abre la puerta, otra pesada y de hierro forjado con vidrios biselados. El lugar es tan inmenso como ecléctico, con unos ventanales enormes, sus antepechos convertidos en bancos. Es todo un ambiente dividido en varios con biombos o esculturas. Todas las paredes son de ladrillo a la vista. Al fondo parece haber un jardín o patio o algo por el estilo. Y en uno de los costados una escalera de hierro en caracol desemboca en algo así como una alcoba repleta de libros y lienzos.

—¿Pintora?

—De a ratos

—También lectora veo.

—También de a ratos.

—Soy Julio. Julio Von Artens.

—Jezabel, encantada.

—¿Y su apellido?

—Jezabel a secas. Y por favor tuteame. Me embola la formalidad.

Sonrío.

Ella se queda en un rincón, apoyada contra la pared, todo tiene un aire melancólico en este lugar. Hasta ella con eso de Jezabel a secas da la impresión de poseer un pasado que sin querer recordarlo lo recuerda cada vez que dice "a secas". Doy vueltas. Miro todo. Me gusta. Este lugar me gusta como hace rato no me gusta algo. Ella, con sus pelos castaños y sus ojos negros y su "a secas" despierta mi curiosidad.

—¿Hay algún otro interesado?

—Pusimos el cartel hoy bien tempranito. Vos sos el primero.

—¿Pusimos?

—Antonio y yo...

—¿Antonio?

—¿Ves los cuadros esos? —Asiento con la cabeza—. Los pinta él. También es actor.

—¿Entonces seríamos tres?

—Cuatro. —Jezabel sonríe en las sombras de la pared—. Abel está de viaje.

—Ya veo...

—Te podemos arreglar el estudio. —Con su mano señala el desnivel lleno de lienzos y libros. —Lo único que cuando Antonio se pone a pintar te tenés que mudar para acá abajo. A él le gustan las alturas. —Hace una mueca y se lleva el dedo a la sien y lo gira un instante—. Los artistas son artistas, Julio. ¿Y vos que hacés?

Dudo un instante.

—¿Es privado?

—Soy... era... banquero...

—¿En este país de pobres?

Me sonrojo.

—La vida da para todo. La verdad que no sé si esto va a funcionar. Antonio es pintor, Abel es viajante, yo... bué, yo no importo, y vos sos banquero.

—Era... era, Jezabel. Lo tomo.

—Cada loco con su tema. Ahora te digo, Antonio pinta a cualquier hora.

—¿Cómo es eso?

—Como te digo. Sube y se pone a pintar a la hora que se le ocurre. —Jezabel abre los brazos y encoge los hombros—. El hombre es así.

—Ya veo—. Pienso un instante. ¿Qué tengo en mi vida en este momento? Ni siquiera un horario. Dormir puedo dormir cuando se me ocurra—. Lo alquilo. El cuarto o alcoba o estudio o lo que sea. Lo alquilo.

—Muy bien.

—¿Me puedo mudar mañana?

—Seguro.

Dejo a Jezabel reclinada contra la puerta de hierro, su cabello brilla bajo el sol de media mañana y sus ojos siguen mi camino, al menos eso es lo último que veo de ella antes de doblar en Independencia.

Le pego para el bajo. La mañana cae envuelta en nubes. El habitante de Buenos Aires deambula frenéticamente de una acera a otra. Puertas giratorias de los cristales más finos no dan a basto. La ciudad tiene ese murmullo constante que a la vez reconforta y oprime. Camino apurado, no porque lo esté sino porque así me lo piden los transeúntes con sus miradas gastadas y sus ceños arrugados. Jezabel, pienso, un nombre más que colorido. Exótico, diferente, hasta sensual. A mis espaldas a alguien se le escapa una puteada luego de un bocinazo. Mi mente sigue ocupada con el nombre de esa mujer de mirada cansina sin dar la impresión de cansancio. Nunca le presto atención a las miradas, no porque no las encuentre interesantes sino porque la mayoría de las veces no revelan nada. Son monótonas. A veces ordinarias. Otras vacías. Insoportablemente vacías. Esas me causan temor. Pero no un temor explicable o clasificable como una fobia o algo por el estilo. No. Los ojos vacíos me golpean como bóvedas infinitas. Negras. Negrísimas. Donde las almas caen y se pierden en la nada que todo lo acecha. El toparme con ellas me da escalofríos y mi cuerpo todo se hiela como la tundra siberiana. Rodeo la casa Rosada y doblo en Florida. Un niño de unos ocho años se me acerca, mano extendida, pero no puedo. No puedo darle nada. Son esos ojos. Esa mirada inexpresiva de raíz que ya lo envuelve hacia abajo. Miro al piso. Lo esquivo. Sufro. Sufro por su futuro ya destrozado. Dos semanas. Dos semanas. Otra vez el ultimátum de la pensión me viene a la mente. ¿Habrá tenido ese niño al menos un ultimátum antes de perder su futuro o el futuro se pierde de a poco como la nieve se derrite en la montaña bajo la caricia un sol que destruye de una forma hermosa?

Entro al bar de Florida y Córdoba. Me siento contra la ventana. Juego con la cuchara en el cortado. Revuelvo y revuelvo. Vivir en el estudio de un pintor. Debe ser interesante. ¿Cómo se llamaba el pintor? La verdad que no me acuerdo. Jezabel me dijo el nombre del tipo. Pero luego de escuchar un nombre tan único como el de ella, lo más probable es olvidarse del resto. Bebo el café con sorbos pequeños como tratando de esquivar la locura de un martes cualquiera. ¡Qué lujo despreciar al tiempo! Hace ya dos semanas que tiré el reloj a la basura. Fui su esclavo por años y él siempre atado a mi muñeca con sus números romanos y la belleza déspota del tirano que impera sobre el desprevenido. A mi alrededor todos lo portan. Hasta lo muestran con orgullo. ¿Alguna vez el condenado habrá presentado con orgullo al verdugo? A mi izquierda un trío se levanta apurado luego de preguntar la hora. ¿A quién se le habrá ocurrido documentar el tiempo en una muñeca?

Susana amaba los relojes. Cuanto más grandes mejor. Con sus péndulos enormes devoraban los días y para ella todo era una obra de arte. El de pino del comedor en particular me aterrorizaba con sus campanazos ensorde-cedores aún a medianoche. La casa retumbaba. Hora tras hora uno tenía la sensación de que la vida se le iba y aún peor que esa misma vida quedaba atrapada dentro de esa caja enorme mientras la trituraban unas agujas imparables. En fin, Susana decía que mi actitud no era más que la muestra de mi inmadurez. Bebo otro poco de café. La calle comienza a llenarse con el gentío típico de la hora del almuerzo. Oficinistas por todos lados. Mujeres hermosas con medias corridas producto de la torpeza o la incipiente pobreza. Muchedumbres de tacos repiquetean en las baldosas rotas de las veredas céntricas. Algunas con el maquillaje corrido, otras con cigarrillos en manos temblorosas. Esto es vivir. Vivir para lograr algo. Algo que no llego a divisar, ni siquiera imaginar. Mujeres jóvenes, demasiado tiernas, se sientan en el café y piden lo más barato porque si no claro... Comen con miradas perdidas. Aún no están vacías. Aún un puñado de ellas conserva la esperanza de que algo, al menos algo les suceda en sus vidas. Porque al fin y al cabo nunca nada ocurre. Después están los tipos, los porteños de siempre, ruidosos y gesticuladores como nadie en el mundo. Se quejan de todo y fuman. Fuman a más no poder. Solo las puteadas son más que los cigarrillos. Las camareras deben ser estoicas cuando esos tipos piden lo que quieren como lo quieren seguido por el piropo guarango de rigor. Detrás de la caja el cincuentón canoso, codo en el mostrador, mentón en el puño, observa todo como desde la periferia. Un mozo cierra la cuatro y otro putea por la humillante propina de la cinco, aun cuando eran cinco comensales.

Dos semanas. Pensar que en dos semanas voy a pasar de estar solo como un hongo a habitar una casa repleta de extraños. ¿Cómo será la soledad acompañada? La individual ya la conozco y de alguna forma estoy acostumbrado a ella. Hace mucho que no convivo con nadie. Quizá se me haga difícil pero no importa ya no puedo seguir como antes. Además, siempre me tentó lo desconocido. Aun cuando lo procrastiné durante años por esas cosas de la madurez y la responsabilidad que Susana tanto endiosaba.

Me apoyo en la ventana y veo un mundo de extraños apurarse de vuelta al trabajo. Otra vez con sus gestos adustos como si la cara de culo reflejara la importancia de un oficinista mal pago o de un vendedor de teléfonos celulares. El trabajo dignifica al hombre dicen muchos, pero ¿y el hombre qué dignifica?, porque algo tiene que dignificar ¿de lo contrario para qué existe? Este tipo de duda me asalta cada vez que mi vértigo se detiene. Quizás esa sea la razón por la cual nadie pasa ni un segundo solo. La ausencia de movimiento puede ser aterradora.

No importa. Estoy harto de correr y correr, de mantenerme ocupado, ocupadísimo, para no mirarme a mí mismo y ver lo que realmente soy. Ya sé que por años fui un oficinista frustrado. Alguien que aspiraba a descubrir algo más profundo aun si mi existencia transcurriera en una pileta de lona. Desde chico tuve la sensación de que la vida, como la risa de una mujer inalcanzable, esconde en alguna bóveda un tesoro tan simple como complejo. Tal vez estas dos semanas que me dieron de ultimátum no hayan sido más que el empujón necesario para por fin adentrarme en la vida, no la que sucede diariamente sino aquella que desconoce la noción del tiempo. Noción tan humana como inservible.

2

—¿Eso es todo, Julio?

—No... no entiendo...

—¿Si esas son todas tus pertenencias?

—Sí. —Dejo el portafolio y el bolso de mano en el suelo.

—Mirá, Antonio está en uno de sus días. —Jezabel apunta al desnivel lleno de lienzos y atriles —. A veces cuando se pone a trabajar es insoportable.

—Ya veo... ¿Y qué pinta?

—Subí y mirá.

Dudo un instante, pero la sonrisa de Jezabel me convence. Subimos la escalera y nos detenemos en el umbral del estudio. El hombre que nos da la espalda gesticula, encoge los hombros, se rasca la melena. Putea. Cada dos palabras, putea. Se da vuelta. Nos mira

—¿Otro tipo más, Jezabel? La puta que te parió. ¿Adónde lo vas a atender?

—Es Julio, Antonio. Es el nuevo inquilino del estudio.

—Ho-hola... —digo un poco perdido.

Antonio da vueltas a mi alrededor. Una, dos, tres.

—¿Pintás? Mierda, ¿pintás?

—No-no...

—¿Y por qué querés dormir entre un montón de lienzos?

Encojo los hombros.

—Mierda, Jezabel, mierda. Te dije que encontraras a alguien que al menos entendiera algo de pintura. Mierda. A ver, Julian—

—Ju-julio. Me llamo Julio.

—Mierda. A ver, decime ¿Qué mierda ves acá?

—¿Ahí?

Jezabel se recuesta en la pared y sonríe.

—¿Y dónde va a ser?

Estudio la pintura por un instante.

—Si pensás demasiado no sirve. El arte te golpea y punto. Mierda.

—Veo un montón de hombrecitos diminutos correr para todos lados. Los veo sin orden. Perdidos. Todo sucede al mismo tiempo. Todo parece un caos.

—¿Un qué?

—Un caos.

—¿Un quilombo?

—Sí.

Antonio me mira nuevamente. En la esquina Jezabel me contempla con ojos entrecerrados, su cabello castaño cae enrulado sobre su mirada.

—Hmmm... Decí la primera cosa que se te ocurra. Mierda. No pienses. Decí lo que te venga a la mente.

—El ciego no ve y sin embargo ve.

—Otra cosa. Mierda. Apurate.

—El que creé no conoce; el que conoce no creé...

En la esquina Jezabel levanta las cejas. Antonio se rasca la barbilla. No sé qué corno dije, pero el tipo sonríe por primera vez.

—Bien, Julian, bien. Mierda que estuviste bien. Aceptado. Ahora no me toqués un lienzo porque te desnuco. Mierda te mato. —Sin más se da media vuelta y se inclina hacia el atril—. Dejenmé solo. Mierda. Dejenmé.

En la cocina, Jezabel prepara un té negro.

—¿Y, Julio?

—¿Y...?

—¿Todavía te querés quedar?

—Sí.

—Antonio está medio loco, pero es un tipo

de primera. Abel viene hoy a la noche.

—¿Abel?

—El viajante. Mucho no para acá. Pero es otro tipo imperdible.

La miro. Trato de penetrar sus ojos. Aun cuando su mirada es invitadora sus ojos parecen ser una fortaleza impenetrable. Sin ser fría es distante. Sin ser cálida es reconfortante.

—Sos curioso ¿no?

—¿Por?

—Por la manera que me mirás...

Permanezco en silencio.

—No es bueno ser tan inquisitivo. Aun si es solo con la mirada...

—Disculpame, Jezabel.

—¿Te gusta el té?

—Sí.

Miro la pared y vuelvo mi mirada a la mesa. Repiqueteo los dedos en la madera.

—El silencio te vuelve ansioso, ¿eh, Julio?

—¿A vos no?

—No.

—¿No?

—No.

Jezabel se para. Recoge las tazas y las lleva a la cocina. Sin decir nada las lava con cuidado, casi con un cuidado compulsivo. Las acaricia con la esponja. Al lavar la tetera su rostro cambia. Una sombra desciende en sus ojos y un rastro de tristeza viste su mirada. Sin embargo, la imagen que esta mujer me devuelve es hipnótica. Toda ella está imbuida en la tarea de lavar una tetera y la devoción con que lo hace borda lo ritual. Me pierdo. En ella me pierdo. Jezabel gira la cabeza, me ve y sonríe. Sonríe con ternura y melancolía como si toda ella no pudiera manifestarse con solo una emoción.

Me gusta. Esta casa me gusta. Hace media hora que llegué y me fascina. El pintor loco y ahora esta mujer dueña de una dualidad embrujadora. La vida empuja, pienso mientras Jezabel guarda el té, empuja a ciegas, pero los que estamos ciegos somos nosotros. Aun no veo hacia donde voy pero intuyo no estar equivocado. Me interno en algo impostergable y quizá por primera vez en mi vida lo hago sin resistirme a mis temores. Esos que respeté a rajatabla porque Susana siempre decía que no eran más que la manifestación del sentido común. Común, sí, y ordinario y aburrido también. Tal vez el orden sofocante de la civilización necesite desesperadamente del aburrimiento de hacer solo aquellas cosas que tengan sentido común. Sin embargo, este galpón tiene su propio andar. Si el hablar de Antonio no sigue orden alguno y el proceder de Jezabel habita en el misterio. No, acá nada está supeditado al sentido común si este nunca habita en el desorden y el misterio.

La noche cae y ahora tengo tiempo para recorrer el loft. En el patio Jezabel se sienta en la silla de mimbre con un libro de Fitzgerald y no me presta la más mínima atención. Al fondo la pared de revoque blanco muestra rajaduras y ladrillos a la vista. La ventana que da al altillo se encuentra abierta e iluminada por velas, cuántas no sé; varias seguro... Me meto en el living, las paredes pintadas con esponja de un amarillo mostaza contrastan fuertemente con el rojo escarlata del techo. No hay muchos muebles y sin embargo ninguno pega. La mesa de roble no tiene sentido con las sillas de metal modernas. Y en el extremo derecho un sillón negro de gamuza enfrenta a uno de color púrpura con flores blancas. En las paredes los candelabros de hierro forjado se agrupan contra los trabajos terminados de Antonio (¿en venta?) con sus hombrecitos, todos con sombreros, y sus casitas y chimeneas humeantes. Me siento en el sillón de paño. Pero no me hallo. Me cambio al negro y ahora sí me siento a gusto. Escucho un miau y otro y otro más. Debajo del sillón aparece un enorme gato, blanco y gris, con un cascabel rojo y un collar amarillo. Me lame la mano, quizás aceptándome, y se trepa al placard para acurrucarse entre una Geisha de porcelana y un elefante sin colmillos tallado en ébano. Recién me doy cuenta de que en la puerta que lleva a un dormitorio hay pintado un mural en el que montones de hombrecitos cargan con edificios, puentes, fábricas y autos sobre sus hombros antes de desbarrancarse al vacío. El mural es atrapante. Tanto que me acerco y lo acaricio.

—No, eh, no mierda. Las pinturas no se tocan.

—Pe-perdón.

—Dejate de tartamudear, Julián. Mierda, che, mierda. Ah, y no toqués nada.

Antonio se da media vuelta y vuelve a internarse en su mundo de gestos y puteadas. Me quedo solo. Miro el mural nuevamente y otra vez quiero tocarlo. Me contengo. Algo tiene este pintor. Esta es la primera vez que quiero tocar una pintura.

A eso de las nueve Jezabel pasa toda empilchada en un vestidito de seda azul con un collar de perlas y unos aros que hacen juego. Zapatos al tono. Sus piernas son esbeltas y delineadas y sus tobillos finos y blancos. Me mira.

—Chau, Julio.

Quiero preguntarle a dónde va tan hermosa pero mi poca antigüedad no me permite hacerlo. Se pierde detrás de la puerta. Sólo me queda su perfume. Cierro los ojos y dejo que impregne mis sentidos.

—No es una buena idea, Julián. Mierda, no lo es.

—Es Ju-julio.

—Dejá de tartamudear, Julián. —Antonio vuelve a su trabajo y me deja una puteada.

Yo... yo no puedo dejar de aspirar lo que quedó de Jezabel.

Me mudé hace tres o cuatro días, tal vez cinco. Es difícil recordar fechas en esta casa. Todo se mueve a su propio ritmo. Un ritmo desconectado con el mundo que del otro lado de estas paredes se manifiesta idénticamente día tras día. No sé cómo explicar este fenómeno. Acá siento que levito, solo levito nunca avanzo, sobre esa vida conocida como normal en el sentido primario de la palabra. Las tardes las paso tomando el té con Jezabel en la mesita de hierro forjado y azulejos del jardín. Ella se enfunda en sus ropas bohemias y con una sonrisa hipnótica me sirve un té tras otro. Sus aros color estaño son como dos arandelas gigantes que estiran suavemente los lóbulos de sus orejas de trazos finos y simetría perfecta. El pañuelo de seda amarilla no hace más que acentuar sus hombros desnudos, pálidos como la luna menguante del último día. Sus blusas blancas, rojas o violetas, todas con voladitos en el cuello y las mangas, la pintan como si ella no fuera otra que la descendiente de algún bucanero de *Port Royal* del siglo XVII. Detrás de ella los jazmines la envuelven de a poco con un aroma que en su cuerpo cobra vida y en sus manos elegancia, cuando en forma descuidada acompañan alguna palabra que fluye de sus labios como el agua del manantial.

Esta mañana aún no la vi. La escucho en el fondo de la casa. Escucho su tararear de melodías viejas, muy viejas. Son lindas, sus melodías lo son. Al fin del jardín hay una pérgola de madera blanca. Jezabel pasa horas en ella, por las tardes mayormente, en absoluta soledad lee novelas de Sthendal y Fitzgerald.

En cuanto a Antonio, he notado que pinta casi siempre por las noches. El estudio es bastante grande y Antonio solo pinta a la luz de la vela. La luz es muy tenue como para no dejarme dormir. Ahora cuando se tara y no le sale lo que tiene en mente o por alguna razón no lo puede plasmar en el lienzo, ahí sí Antonio se pierde en monólogos violentísimos. Vuelan pinceles y puñetazos al aire. En esas ocasiones es imposible conciliar el sueño. Lo miro sin decir palabra alguna y si me pregunta algo trato de responder con un gesto.

Podría largarme de acá y buscar algo más a tono con el tipo de vida de la gente responsable.

Lo pensé más de una vez en estos días, hasta averigüé el precio de un par de departamentos en alquiler en la calle Independencia. Lindos departamentos que sin embargo no ofrecen misterio alguno. Siempre me atrajeron los misterios. Aun si fui reacio a adentrarme en ellos la única gente que me interesó fue justamente aquella que nadie entiende y todos condenan. ¿Cómo alejarme de Jezabel o Antonio si no los comprendo en absoluto? ¿Cómo pasar por alto esta oportunidad que me presenta la vida de vivir algo que nunca me atreví a vivir? Ya soy grande. La vida se va y la que viene es cada vez más corta. Mi horizonte ha dejado de ser un espejismo. Otra vez la melodía. Esta vez es en inglés algo sobre una *Mary Carmichael*. El tarareo de Jezabel es suave y triste. Hasta me pone melancólico por esa *Mary Carmichael* que no tengo la más mínima idea si existió o no. Aunque en los labios de Jezabel toma cuerpo y vuela en forma de tragedia anticipada. Tragedia como la que por entonces escribió un tal Eurípides. Otra vez perdí la noción del tiempo. Esa melodía me hechiza como el canto de las sirenas hechizó a Jason y sus argonautas. Miro el reloj de la cocina y noto, por primera vez noto, que no anda. Es hermoso, pero no funciona. Es de madera, de un color blanco antiguo con números romanos en negro y dos agujas de cobre que nacen en el centro de un sol sonriente. Escucho pasos.

—Julio... ¿almorzaste?

—¿Qué?

—Si almorzaste...

—¿Qué hora es?

—Qué trivialidad, ¿no?

—Pero el reloj...

—Es precioso. Lo trajo Antonio de Zacatecas, Méjico.

—Pero no anda...

—La belleza no siempre tiene un lado utilitario. —Jezabel se sienta en la silla de mimbre de la cocina y me mira en silencio, sus ojos inmóviles.

—Así que ya es mediodía...

—¿No ves la sombra en la calle o en el jardín?

—Generalmente en cuanto al tiempo se refiere miro algún reloj.

—Buéh, ya miraste uno.

—¡Pero no funciona!

—Todo tiene sus limitaciones, Julio.

Me siento a su lado con dos rodajas de pan con manteca y un jugo de naranja.

—Ayer volviste tardísimo, ¿no?

—Casi todas las noches vuelvo tarde, Julio. La cosa es que vuelvo. Muchas almas regresan a sus casas, pero nunca vuelven...

La miro, mi rostro en blanco.

—¿Y te vas acomodando al lugar o todavía no te hallás?

—La verdad, —bebo un poco de jugo— no sabría decirte.

Del altillo bajan ronquidos y toses. Elevo mi vista y mi rostro pregunta con mis ojos.

—Son de Abel...

—¿Abel?

—El viajante, ¿te acordás? Volvió esta mañana temprano. Es más, me parece que ustedes dos durmieron a un metro el uno del otro. Al menos un rato.

—No puede ser. Ni lo vi.

—Tal vez no miraste.

—¿Y de dónde volvió?

—De Choele Choel.

—Supongo que debo compartir el cuarto con él...

—Sí, pero nunca se queda mucho. El estatismo lo destruye.

Jezabel habla de todo esto con una naturalidad que sorprende. De vez en cuando esboza una sonrisa o un gesto inquisitivo. El hablar de un reloj que no sirve más que para admirar su belleza y por ende debe permanecer colgado y no ser reemplazado por uno que sí sirve, o el tomar con total desparpajo el hecho de que Abel se escurrió en mi cuarto durante la madrugada, todo ello, para esta mujer no tiene nada de extraño. Es solo parte del vivir diario.

—Es más, en un momento eran cuatro en el altillo.

—¿Cuatro?

—Antonio se puso a pintar un desnudo.

Bebo el jugo apurado.

—Claudia viene de vez en cuando.

—¿La modelo?

—Es una travesti que labura en el Rosedal o cerca del Buenos Aires Lawn Tenis.

—¿Cómo?

—Como escuchaste.

—Vos me estás diciendo que mientras yo dormía con Abel... bueno, no con Abel, pero en el mismo cuarto, ¿al lado nuestro había un travesti en pelotas?

—¿Qué tiene de raro?

—¿Cómo qué cosa tiene de raro? Todo. Todo tiene de raro. —Me levanto de la silla y camino confundido. Otra vez todo me da vueltas en la cabeza. Miro el reloj y me parece que la hora ha cambiado, pero no, no puede haberlo hecho. Otra vez esta casa se convierte en una neblina impenetrable. Busco a Jezabel sus ojos chispean como los de un chico luego de una travesura.

—¿Vos tenés algo contra los travestis, Julio?

—No.

—¿Y por qué te ponés tan loco entonces?

O Tal vez tenés alguna fantasía... Una de esas que son prohibi—

—Pero no, mujer, qué cosa decís. Los travestis pueden hacer lo que se les ocurra. El problema es tener a esta Claudia en pelotas a mi lado sin saberlo. No me parece correcto.

—Correcto... que palabra anticuada.

Los ronquidos ahora son más continuos y ruidosos. Abel tose y tose.

—¿Y Abel no dice nada acerca del travesti?

—Está muerto, —dice a secas Jezabel.

—¿Muerto?

—Preguntale...

—¿Al muerto?

—Sí.

Me tomo la cabeza y me refriego el cabello, aun en el absurdo Jezabel es una mujer hermosa.

—Pero el muerto ronca y tose.

—Eso no quita que está muerto.

Me levanto de la silla. Tengo que buscar la normalidad de la vida. Enfilo hacia la puerta.

—Voy a dar una vuelta, Jezabel.

—Preguntale. Acordate.

—¿Al muerto que ronca?

—Al mismo.

La calle me recibe con todo lo conocido que la vida envuelve. Me recibe con el colectivo que deja una nube negra inmensa que flota y flota y da la impresión de querer quedarse. La mujer de cartera marrón que gesticula al pisar una baldosa floja que le salpica el tapado. El tipo recostado contra la pared que engominado mira al mundo dar vueltas. La panadería huele a pan y a facturas y así todo es previsible. Un tipo estaciona en un espacio muy pequeño y le da y le da a los paragolpes ajenos. El kiosco de revistas está abierto como siempre y en el bar los jubilados juegan al dominó detrás de sus ojos vidriosos. Demasiada vida conocida de golpe. Me empapa. La vida me envuelve y respiro un poco sofocado. Apuro el paso y cruzo Belgrano y por alguna razón recuerdo que el gobierno de mierda aun le debe un montón de guita a este tipo. La primera jura de la bandera me pasa como un flash. Me detengo. Una esquina. Esto no es más que una esquina para un mundo de gente y sin embargo para mí encierra un montón de significados. Belgrano calle, Belgrano idealista, Belgrano héroe, Belgrano traicionado, Belgrano pobre. Y la calle que la corta, esa que la gente cruza como un estorbo para alcanzar la otra acera, lleva el nombre de Perú. Perú y sus minas de la muerte en el tiempo de la conquista. Perú y Tupac Amarú descuartizado por reclamar lo que le correspondía. Mi mente da vueltas y se nubla. Sudo. Tengo frío. Me tomo de un poste de luz. Un gordo prisionero de un jadeo horrible me mira y sacude la cabeza. Cierro los ojos. Respiro hondo. ¿Y si cada esquina fuera un Aleph de su nombre, donde toda su historia, la que fue y la que vendrá la habita sin que nadie se entere? Al fin de cuentas una intersección es un punto bien definido, al menos en la ciudad. Ya me repongo. Abro los ojos. El semáforo cambia de rojo a verde y me largo a la senda peatonal. Todo parece estar predeterminado en la vida. Aun el cruzar la calle. Llego a Diagonal Norte y Roque Saenz Peña sigue con su gesto adusto. Florida es un devenir de gente constante. Necesito un refugio. Un café. Sí un café. Me siento y pido un cortadito. El café para mí es un templo. Un bálsamo para el espíritu. Ya no sudo. Gracias a Dios ya no sudo. Preguntale al muerto, dijo Jezabel, preguntale al muerto. A veces los muertos hablan sin que se les pregunte nada. Al menos la esquina de Belgrano y Perú intenta hacerlo. Lo triste es que a nadie le importa escuchar algo.

¿Qué valor ostenta el eco si el mundo es sordo?

3

Ayer dormí con un ojo abierto y otro cerrado. Preocupado, quizá, por eso del travesti desnudo. No vaya a ser que terminemos los dos desnudos. Uno no sabe lo que se le puede ocurrir pintar a Antonio. Con Abel no pude hablar ni un segundo. "El muerto", como lo llama Jezabel, desapareció como vino. Sigilosamente. Lo vi a la noche roncando a más no poder y al despertarme, en un momento ya no pude mantener el ojo abierto, había desaparecido. Solo quedaban unas mantas enroscadas y una almohada ahuecada por una cabeza ausente.

Me levanté hace instantes y ahora deambulo por la cocina semidesnudo a no ser por el calzoncillo gris que me cubre las pelotas y demás partes privadas. Sé que debo vestirme rápido, quizá ducharme, pero esta casa de a poco se va convirtiendo en un universo de infinitas capas que de alguna manera ansío explorar. Nunca pensé o tal vez no me detuve a hacerlo, que una morada puede engullir toda la curiosidad de alguno de sus habitantes. La pensión me aburría la mayoría de las veces, solo la chiflada del 5to "B" me divertía cuando se ponía a despotricar contra el gobierno por haber eliminado los tranvías. Tan necesarios para una urbe como Buenos Aires como los botes para Venecia. Sin embargo, fuera de ella, encontraba a todos los inquilinos tremendamente aburridos. Tanto que hasta muchas veces les busqué apodos guiándome por sus expresiones diarias. Así el del 3ro "A" se convirtió en el chancho por esa manía de arrugar la nariz y oler con un insoportable quejido; al del 7mo "D" no me quedó más remedio que bautizarlo fuelle por su respiración agitada y larga, y a la nena del 6to, no recuero si era "C" o "A" le puse rana porque todos los días saltaba de acá para allá imitando los sonidos de esos reptiles.

Nunca me crucé con un tipo de esos de las novelas de Jack London. Esos personajes irresistibles y conmovedores. No, allá en la pensión todo era color vainilla, nada salía de tono y todo pegaba con todo. Pero ahora en esta casa todo me asombra. Me asombra tanto como al niño lo asombra la libertad de los adultos y así solo quiere ser grande, equivocado aún sin saberlo, desconocedor de la rutina que lo espera.

Doy vueltas por la cocina y en la puerta de la heladera hay montones de fotos de Jezabel con extraños. Extraños de todo tipo. Ella y el de turno. Sonrientes, serios, abrazados, llorando, semidesnudos, semivestidos, etc.

Abajo a la derecha de la puerta del freezer hay una nota que reza: La flor para tener valor debe crecer en el desierto. "Crecer en el desierto", pienso, "crecer en el desierto". Meneo la cabeza, me rasco el ombligo —anoche algo se ensañó conmigo— me encamino al altillo. Subo los escalones con algo de culpa. Aun si es mi cuarto, me siento como un intruso entre los lienzos de Antonio y su multitud de hombrecitos. Me detengo frente al que seguramente es el desnudo del travesti y veo un cuerpo inmenso en el centro del lienzo rodeado por una multitud de hombrecitos que se asoman a escondidas a mirarlo, estudiarlo, quizás a admirarlo. La pintura toda me hipnotiza, no solamente la novedad de ver a un travesti en pelotas en el medio del cuadro. Hay algo de voyerismo en mí y mucho de eso en el cuadro. Esos hombrecitos asoman el pescuezo por ventanitas de edificios y hasta veo a un cura con la cabeza asomada entre los vitraux de San Pablo y el rayo. Un policía le saca una foto y en la otra mano tiene listas las esposas.

Un sonido me sobresalta.

—No te asustes, Julian.

—Es Julio.

—Ya sé, ya sé. ¿Qué buscabas por ahí?

—Nada. Es mi cuarto.

—Por las noches es tu cuarto.

—Pero lo estoy alquilando, Antonio.

—Es verdad.

—Qué pinturita, ¿no?

—Claudita es una preciosura...

Levanto las cejas y entreabro la boca.

—Qué inocente que sos Julián.

—Antonio, mi nombre es Julio.

—Claro, claro. Por lo que veo te podría haber pintado a vos también.

—¿A mí?

—Y estás casi adentro de la pintura.

Me alejo del lienzo un poco avergonzado. Me tropiezo y noqueo dos o tres pinceles y un tarrito de agua.

—Los nervios te traicionan, Julián. —Antonio enciende un cigarrillo—. Vení pibe, vení vamos a tomarnos un cafecito.

Llevo la cafetera y dos tazas a la mesa. Antonio me mira y luego mira las tazas.

—Falta una Julián.

—Es Julio, Antonio, ¡es Julio!

—Ya sé pibe. Ya sé. Traete otra taza, dale.

—Pero somos dos...

—Por eso mismo. Dos personas; tres tazas. Es lógico, ¿no?

—No te entiendo, viejo.

—¿Y para qué perdés tiempo tratando de entender? Ah, debajo de la alacena hay una bolsita con medialunas de manteca. Las trae Jezabel cuando vuelve tarde.

—¿Cuántas medialunas querés, Antonio?

No responde. Parece perdido en su mente.

—¿Tres medialunas, Antonio? —grito.

—Eh... ¿tres? Mirá que sos, pibe. ¿Cómo tres si somos dos?

Llevo las medialunas a la mesa.

—¿Y esto? —me pregunta Antonio frunciendo el ceño.

—Dos medialunas. Una para cada uno.

Suelta una carcajada enorme.

—¡Una sola, pibe! Si somos dos se trae una medialuna sola. ¡Mirá que sos boludo, che!

Quiero responderle. En serio quiero, pero no me atrevo. Su determinación es avasallante. Debe conocer algo que no conozco. El vivir una existencia predecible quizá me haya convertido en alguien muy estructurado. Dos personas, dos medialunas. Qué sé yo. Tal vez Antonio esté de la cabeza, pero tiene una convicción arrolladora.

Toma la medialuna. La estudia y con ternura la parte al medio y me ofrece una mitad. La muerde de a poquito como cortándole los bordes a un papel mal cortado.

—En un rato voy a ir a ver a Claudita.

—¿La de ayer?

—Sí. Hoy nos vamos a pasear, Julián.

—¿Los dos solos?

—No, los tres juntos.

No hace falta preguntarle quien es el tercero.

—Agarrate un pullover que está fresco.

—No... yo no puedo. Yo tengo que—

—Dejate de pavadas Julián. Agarrá abrigo.

Aspira el cigarrillo. Su pecho se infla. Tose. Se rompe en una carcajada inmensa.

Bebo el café con sorbos pequeños.

—¿Y Abel?

—¿Y Abel qué?

—No se queda mucho tiempo por acá.

—Solo cuando añora la muerte.

Me quedo con la mirada clavada en su rostro, esperando que redondee esa imagen que arroja de Abel. Pero no, se queda ahí. Se saca un pelo de la lengua y bebe el café de un trago inmenso.

—Voy a buscar un saco.

—¿Uno solo?

—No voy a llevar dos, ¿no?

Antonio encoge los hombros y pita el resto

del cigarrillo. —Quizá pinte un desnudo tuyo, Julián.

Me quedo inmóvil.

—El desnudo te da pánico, ya veo.

—¿Me tendría que sentir diferente acaso?

—Tus emociones son tuyas, Julián.

—Escuchame viejo mi nombre es Julio. Julio, ¿entendés? —Lo miro fiero a los ojos.

—Sos lo que se llama un tipo unidimensional.

—¿Qué querés decir?

—Ah, no, todo no se puede explicar.

La calle está más fría que de costumbre. No, no me refiero al frío climatológico sino al del alma. Esta realidad me hiela. Me siento petrificado como el bosque de Arrayanes allá en el sur. "Quizá pinte un desnudo tuyo", me dijo hace instantes el loco que ahora camina a mi lado con una sonrisa indescifrable. La verdad no sé si Antonio es un manojo de contradicciones o un tipo que se caga de risa de todo y todos. Eso de frecuentar a un travesti no solo para pintarlo y quizá tal vez para... ¿Cómo saberlo?

—Antonio...

Su mirada me punza hasta las entrañas.

—Si me vas a preguntar algo acerca de mi relación con Claudita ni lo pienses. Tu mente no creo que pueda entenderla.

—Tarado no soy.

—Vos no, pero lo que estás pensando casi te hace uno.

Paro en seco, largo una puteada al aire.

—Dale Julián. Metele pata que con Claudia no hay espera que valga. —Me da un empujón y me largo a caminar nuevamente. No quiero ir, pero sin embargo sigo.

La vereda está vacía. Nadie se interpone entre nuestro andar y el destino llamado Claudia.

Me llevo la mano al estómago y presiono mis vísceras.

—¿Estás descompuesto, Julián?

—Estoy todo revuelto.

—La náusea. —dice al pasar Antonio, sin mirarme, en sus labios la sonrisa se demora como la burla de un cínico.

—Ganas de vomitar no tengo.

Antonio se quiebra en una carcajada enorme.

—Vos mirás la vida desde un solo lado, Julián.

Julián, acepto su manera de llamarme. No tengo remedio. Si este tipo no aprende más. Debería irme. Dejarlo solo en las baldosas de esta vereda solitaria, pero mi interés por pasar tiempo con tipos como él es más fuerte. Entonces ya no me importa como mierda me llame o si me quiere pintar desnudo. Ahora, si ese nudo que me azota debajo del diafragma se esfumara me traería un alivio enorme. Escupo y me refriego la boca con el anverso de mi mano.

—Está difícil tragar, eh, ¿Julián?

—Era solo una flema. Nada más.

Ríe nuevamente.

—¿Pero siempre te reís vos?

—Solo cuando algo me da pena, Julián. —Se detiene frente a una pila de escombros al lado de un edificio en construcción. Mira, estudia, agarra algo, lo toca, lo siente como alguien puede sentir la piel de una mujer desnuda, lo lleva a sus mejillas, lo huele, cierra los ojos—. Este, Julián. Este me sirve. —Se lo carga al hombro y se larga a caminar como lo hacían los hieleros de antaño.

—¿Ese pedazo de mampostería te sirve?

—El hombre deshecha, yo cosecho.

Miro al hombre a mi lado, contemplo esa sonrisa ahora más ancha que antes. Observo su andar inclinado hacia la izquierda por el peso enorme de un mazacote de yeso en su humanidad. Corro a su lado y lo ayudo.

—Salí. Dejate de joder, Julián. Yo soy como el Cristo cargo con lo que la humanidad aborrece. Es mi Vía Crucis.

Camino a su lado en silencio por varios minutos. Doblamos aquí y allá pero nunca

caminamos más de doscientos metros derecho. Antonio respira agitado. Se detiene rodilla
en tierra, mano izquierda en el piso. Suda
profusamente.

—La primera caída —susurra.

Se levanta, tambalea, y se echa a andar.

—Si querés te puedo ayudar.

Su mirada me incinera. Algo ha cambiado
en su interior. Su sonrisa, esa casi cínica, ahora
me da la impresión de no ser más que el lado
opuesto de una pena enorme como si este tipo
quisiera reciclar el dolor como el vapor recicla
al agua, sin perderlo del todo. Bajamos más allá
del parque Lezama. Doblamos en una cortada
y luego otra vez hasta desembocar en una plazo-
leta. Al vernos, una señora de espalda agotada
se detiene.

—Qué vergüenza joven, qué vergüenza.
Alguien que no ayuda no merece compañía
alguna.

—Dios la bendiga, señora —dice Antonio.

La señora menea la cabeza y sigue su marcha.

Quiero explicarle que yo sí quiero ayudar
a este demente, pero la gente cree lo que ve y
no otra cosa.

Me siento culpable. Siempre ayudé. Al
menos a los que me lo pidieron. Antonio suspira y cae otra vez rodilla en tierra.

—Es pesada esta mierda, che.

Extiendo mis brazos y aguanto el peso del mazacote de yeso.

—Salí. La puta que te parió, salí.

Me alejo. No sé cómo comunicarme con Antonio.

—Estás muerto, che. Estás todo colorado. Dejame ayudarte, viejo.

—Si vos metés la mano otra vez te juro por Dios que te corto los huevos, Julián.

Mi cabeza gira a mil. Debería dejarlo. Y cada vez que estoy ahí de tomar esa resolución algo en mi interior me impulsa a seguir mi camino. Mi estómago parece querer estallar. La náusea, me dijo Antonio, y sin embargo no creo querer vomitar.

—Sabés lo linda que es Claudita. Su piel es suave como el terciopelo. Y ella toda es divina con sus ojos felinos. Pesa un montón, Julián.

De alguna forma Antonio me da la impresión de ser uno de esos marinos de principios del siglo XX que, cargando su culpa, se adentra en los prostíbulos del puerto. Lautrêmont podría haberlo creado. Doblamos en el pasaje y avanzamos por una calle despoblada de árboles; solo baldosas y cordón.

—Dale que se nos va Claudita. Usa unas bombachitas tan lindas, llenas de bordaditos transparentes, sabés qué linda que se dibuja en mi retina. La belleza es reveladora, Julián.

—¿Reveladora?

—La verdad que vos no entendés un carajo.

¿Qué hago, no solo caminando con este jeroglífico sino viviendo en ese laberinto griego que alquilé? No entiendo a nadie en esa casa. Primero está el muerto que duerme y desaparece; luego la que me dice que le debería preguntar cosas al muerto y al final este tipo que pinta travestis a mi lado. Travestis desnudos y hermosos y cuando los va a encontrar junta basura por la calle. ¡Y yo, yo estoy a su lado!

¿Estamos cerca, Antonio?

Se detiene.

—Imposible saberlo, pibe.

—¿Qué?

—¿Sos sordo, Julián?

—Pero caminamos un montón. Debemos estar cerca.

—Siempre estamos cerca, Julián.

—¿Vamos a la casa de Claudita o quedaron en encontrarse en algún lado...?

—Ni una cosa ni la otra.

Me llevo la mano a la frente. Estoy harto. Este tipo con su pedazo de yeso me paseó por todo el barrio y no llegamos a ningún lado.

—¿Cómo la vas a encontrar, Antonio?

—Si la encuentro, la encuentro, sí no... Todo es un laberinto, Julián. Todo lleva al hombre a perderse y en esa pérdida uno anhela encontrarse con algo conocido. Alguna vez tendrías que ir a Parque Chas. —Se detiene. Se derrumba. El pedazo de yeso cae y se parte en dos—. Ah, ya está. Misión cumplida. Me llevo este. Volvamos, che.

—¿A-adónde?

—A casa.

—¿Y Claudita?

—Ja, la querés conocer, ¿eh? Un día de estos te despierto. Este pedazo de yeso me viene fenómeno.

—La puta madre —murmuro. ¡Qué pérdida de tiempo!

—Te digo Julián, tiene una colita hermosa y además es tan coqueta. Te va a encantar Claudita. Pero hoy no hay caso. No aparece por ningún lado.

—¿No aparece?

—Lo que vale la pena nunca se encuentra. Aparece cuando se le da la gana. En fin. Vamos que tengo que laburar. No tengo todo el día como algunos vagos. —Otra vez esa sonrisa que detesto viste sus labios. Los viste con la paz del que conoce el secreto y desde la distancia mira a aquellos que lo buscan denodadamente en los lugares equivocados.

No tengo más remedio que volver. En mi cabeza se dibuja la imagen de una Claudia semidesnuda, de piel blanca y mejillas rosadas, de andar felino y mirada esquiva. La veo deambular el laberinto de Buenos Aires. La veo como una imagen borrosa, perdida, con la boca abierta como si buscara una escalera que condujera a algún lado. Al menos que la liberara de este laberinto inmundo que nos rodea a todos. Sonrío. Echo a andar.

—Veo que viste a Claudita, Julián.

Continúo mi marcha. En silencio escruto esquinas y sombras. Siento la presencia del travesti como la del loco del yeso. Quizá los dos sean uno o uno sea los dos. Mi curiosidad se acrecienta. No lamento haber desperdiciado mi mañana.

La mañana está calurosa, casi tórrida. Todo transpira humedad. La gente me cruza de mal humor, sus rostros inflados y rojizos. La ropa se pega al cuerpo y no da respiro alguno. Los pañuelos en manos rosadas secan rostros exhaustos. Nosotros seguimos pegando la vuelta. Antonio mira para todos lados. Esa cara, la de él, la vi en algún lado. Sí esa cara. Esas expresiones. Esos ojos saltones. ¡Pero claro!, es él. Sí, es él en las pinturas. Esos hombrecitos son manifestaciones propias que plasma en el lienzo. Su cara está por todos lados; sus sensaciones se convierten en un universo gigantesco, interminable donde este loco da rienda suelta a cualquier instinto que lo azote. Este tipo, en un lienzo de no sé cuánto por cuánto, en esa prisión rectangular, encuentra la libertad infinita. Por eso se ríe Antonio. Se ríe de nosotros. Nosotros, los que habitamos de este lado de la vida. ¿Pero cómo hace? ¿Cómo logra esa libertad absoluta? ¿Y si es absoluta, eso no implica el ser ilimitada y por lo tanto aterradora? ¿Acaso el hombre no se siente aterrorizado al verse libre en un universo sin principio ni fin? ¿No inventamos a Dios para ponernos límites?

El pantalón hace rato que se pegó irreversiblemente a mis rodillas y ahora con cada paso se me cae un poco más. Claudia, la travesti. Qué curiosidad tengo por conocerla. Pero ella, felina como los gatos según Antonio, parece ser tan huraña como ellos. Quizá se esconda detrás de un tacho de basura o esté trepada sobre alguna medianera de los edificios linderos, no sé, los gatos son como Houdini, aparecen y desaparecen cuando se les da la gana. Una vez hace bastante tiempo vi un cuadro donde hay un rostro hipnotizante que flota sobre un caos entre el obelisco, la inmigración y la conquista. Todos ellos sobrevolados con vajillas y cubiertos, pero sin atisbos de comida alguna. Todo denota la desesperación de una civilización que crece a pesar de su hambre. El mío, ese hambre que hoy padezco, es existencial de ahí esa náusea que me azota y solo desparrama la bilis asquerosa de la duda implacable. El desconocer algo horroriza al ser humano, que, como yo, siempre se escondió en la frialdad exacta de los números.

Me detengo, mano en el estómago.

—¿Vas a vomitar, che? —Antonio me mira con el yeso al hombro y esa sonrisa que detesto y tanto ansío poseer.

—Me ahogué, viejo... No puedo respirar. —Jadeo entre espasmos. Me babeo. Antonio se acerca y me pega un manotazo enorme en la espalda. Una flema verde amarillenta se estrella en el piso. Ahora respiro nuevamente. Me limpio con el reverso de la mano.

—Esa mierda te mata, Julián...

—Pero no estoy resfriado. No entiendo.

—Hay mierda en todos lados y en todas las formas. Vamos.

Camino. Extraño. Siento una liviandad especial. Creo que de alguna manera me purgué. ¿De dónde habrá salido esa flema inmunda? El hombre esconde. Aunque no debería asombrarme si cosas insólitas brotan de este cuerpo que cada día se acerca un poco más al umbral del fin. Doy un paso, luego otro y Antonio, a mi lado, me da la sensación de ser algo diferente a un ser humano. ¿Tendrá este tipo alguna duda existencial? ¿Sentirá este tipo la náusea que tanto azotó a Sartre?

Llegamos a casa. Antonio me palmea la espalda, enciende un pucho y me mira por detrás del humo metálico.

—Mirá Julián, ahora te quedás acá abajo, mierda. ¿Entendés? Ni subas. Chau, mierda, chau.

Gira y se pierde en el altillo. Quiero subir, pero no puedo. No quiero violar el universo que gesta este tipo en cada obra, solo tengo permitido apreciarlo una vez terminado. ¿Será Dios este hombre o solo su empleado?

La puerta de entrada se abre y un manojo de llaves cae en la mesa del teléfono.

—Estoy muerta...

Agitada, espalda contra la puerta, Jezabel se desparrama en el suelo, su cabello revuelto, sus ojos color sangre, el rímel corrido por todos lados, el lápiz labial ausente, un hombro azulado por lo que parece ser un moretón. Corro a ella. La recojo, descanso su rostro en mi pecho.

—Dejame, che. Ya tuve bastante de humanidad...

La miro. No entiendo.

Me empuja. Se libra de mí.

—¿Pero estás bien? ¿Qué pasó?

—Nada. Nunca pasa nada, Julio. Vos te tendrías que mudar.

—Solo te quiero ayudar, Jezabel.

Ríe. Ríe como una demente. Se suena la nariz y los mocos se le escurren entre los dedos.

—¿Pero alguien te pegó? Dios, no me digas que te vio-

—Dejame. Dejame de una vez. Me tengo que arreglar tengo que ir a laburar.

—Así en esas condiciones...

—Las mismas de siempre no te parece.

Da un paso adelante. Me le planto enfrente. Tiembla. Me hace a un lado. Me deja atrás entre lágrimas. La quiero tocar, pero no puedo. No entiendo. No entiendo este mundo, este fango en el que me adentré y ahora no puedo dejar. Escucho una ducha y un alarido. En el altillo se escucha un grito.

—¡Buen día Antonio!

—Hola preciosura... Mierda, mierda... Y vos, vos Julián te quedás donde estás.

Me desparramo en el suelo. La náusea. Esa náusea asquerosa sube por mis entrañas. Me quema. Todo me quema. Tengo que entender lo que ocurre en este loquero en el que yo me siento como el único enajenado.

Jezabel se esconde en el altillo con el chiflado de Antonio que lanza un mierda larguísimo y se pone a pintarla, a ella, a la pobre diabla golpeada por todos lados. Antonio, pincel en mano, lágrimas en sus ojos, al menos eso creo por el llanto que baja los escalones que conducen a esa madriguera, se mete de lleno en su obra. Me siento en la cocina a solas. La pava silba, me levanto como un autómata y me sirvo el café. Lo revuelvo. La negrura impenetrable del líquido me revuelve el estómago. Se forma un remolino, ahí, en el centro de la taza y me siento ir como si un absoluto infranqueable me chupara hacia abismos impensados. Me tomo el rostro, aún tengo la fotografía de esa cara brutalmente golpeada, la imagen de Jezabel riendo por algún motivo desconocido de su propia desdicha.

—Mierda, preciosura, mierda que hoy estás como la vida.

La frase con la voz ronca o tomada por el tabaco de Antonio me golpea. Mi puño se estrella contra la mesa, la cucharita vuela y una gota, negra, negrísima como el alquitrán mancha el mantel blanco. Lo siento. El vómito siento. Sube quemándome la garganta. Un vómito de un gusto asqueroso y un color aún peor. El charco se forma a mis pies. Lloro. Quiero subir al altillo. Quiero entender lo inexplicable, pero esta náusea me inmoviliza, me atrapa en una telaraña viscosa y maloliente, llena de insectos disecados. ¿Qué me pasa? ¿Hasta dónde he descendido?

Desde el altillo bajan más sollozos y repentinamente gemidos. Los "mierda" ya no se escuchan. Quiero ver. Siempre quiero ver o ¿acaso el hombre no es voyerista por excelencia? Me levanto de la silla. Piso el charco de vómito. No me importa. Estoy anestesiado. En realidad, no sé ni lo que estoy haciendo. Camino. Me detengo. Gemidos. Gemidos guturales, barbáricos llegan a mis oídos. Me sostengo en la pared y me detengo al pie de la escalera que conduce a ese altillo, mi cuarto. ¡Mi cuarto, mi Dios! Lo alquilé es mío. Tengo todo el derecho a entrar. Subo un escalón, dos, tres. Esos gemidos, esa respiración entrecortada. Sigo, cuatro, cinco. Sangre, a mis pies hay sangre. Me inclino y la limpio con la yema del dedo índice de no sé qué mano. Quiero probarla, pero no me atrevo. No me conozco. La luz es tenue. Allá contra la pared del fondo distingo un lienzo a medio hacer. Creo ver una mujer desnuda en un fondo rojo y montones de hombrecitos mordiéndola. Es asqueroso. El lienzo lo es. ¿Eso pintó Antonio? Los gemidos aumentan. Gateo hasta el último peldaño. Me acuesto y miro. Miro morbosamente como dos bestias, manchadas en sangre ajena se aman despiadadamente. Se arañan sin contemplaciones. Ella lo muerde y un hilo de sangre se descuelga de su oreja izquierda. Me excito. Yo lo hago. Yo, que nunca disfruté del sexo violento, me pongo como loco. Me muerdo el labio inferior y sigo todo en silencio.

—¿Así, así te cogieron, eh, así Jezabel?

Llantos y gemidos.

—Peor, Antonio, peor o mejor...

Los dos copulan y sudan a chorros. Todo me da la impresión de ser parte de un surrealismo infernal. Ya no los veo como dos cuerpos amándose, sino que me dan la impresión de ser una pesadilla enorme. Una pesadilla de dos cabezas que se devora a sí misma. Antonio es una bolsa fofa con carne de sobra por todos lados y Jezabel es la mujer perfecta, nada le sobra, nada le falta. Es la unión de la fealdad y la hermosura. Y estas dos condiciones unidas forman algo asqueroso y a la vez hermoso de contemplar. Son como una pintura sublime que describe algo horroroso. Ya vi mucho. Me deslizo hacia abajo. Tengo una sed inaguantable. Bajo sin hacer el menor ruido. Limpio el vómito en la cocina. No quiero dejar rastro alguno de mi náusea.

Bebo. Bebo como un loco uno, dos, tres, cuatro vasos de agua. Deambulo como un idiota por el living. Debo irme. Algo me urge. Dejo la casa y enfilo hacia Paseo Colón. Tomo el primer bondi que me lleve al Rosedal. Camino entre el verde y los bustos de estatuas de hombres cuyos nombres en este instante me importan un bledo. El sol cae y los edificios de Libertador se agigantan en sus sombras. Camino. Pongo rumbo hacia el BALTC. Las veo o los veo. Me aproximo a una rubia o rubio. ¿Cuánto? ¿Sí? No, muy caro. Doy media vuelta. Una pelirroja me detiene cerca del busto de... ¡qué importa! Jezabel es el único nombre que recuerdo.

—Cinco mil...

La miro o lo miro.

—Cinco mil y listo.

—Tres mil.

—Cuatro mil.

—Tres mil quinientos. Ni un peso más.

Me lleva hacia los arcos que sostienen las vías del ferrocarril. En las sombras ella o él, no sé cuál, se pierde en mi bragueta. Jezabel, pienso. Derramo lágrimas. ¿Qué hago mi Dios? La aparto o lo aparto de un manotazo.

—Ah, no, la plata no te la devuelvo.

—Dejame.

—Son todos iguales ustedes —dice con el lápiz labial corrido y esa cara horrorosa que me clava los ojos como dos puñales.

—Dejame te digo.

—Y bueno papi te lo perdés. Andá, andá a la iglesia, boludo.

Esa voz, esa voz... esa voz no es femenina. La náusea. Me doblo. Vomito con espasmos enormes.

—Asqueroso. Espero que no me hayas

contagiado ninguna mierda.

Corro. Me pierdo por Libertador. Bragueta baja. El nabo suelto entre mis piernas. Corro. Me escondo en un baño de una pizzería. Me lavo. Me refriego el nabo con locura. Un cliente entra, su boca se abre de par en par. Quiero explicarle lo sucedido. Sale espantado. Me seco y me voy.

No sé qué hora es. Pero seguramente es hora de recuperar la razón de alguna forma. Un sueño, sí, esto fue solamente un sueño, me repito. Respiro profundamente y le meto pata hacia San Telmo. Las luces de la ciudad se encienden, le agregan un brillo plateado a las aceras sucias. Todo toma un aspecto diferente. El sol ya no opaca la ciudad. Ahora la ciudad opaca el brillo de la noche. Grupos de pibes desandan las veredas y en los cafés la gente decente se sienta a charlar y a beber. Yo, yo no quiero ninguna de las dos cosas. Esta existencia, no la mía, sino la de todos me causa pavor. No estoy solo. Soy una manifestación más de esa existencia terca que se empeña en producir más y más y sin embargo me siento horriblemente solo. Nada, pero nada puede ser más absurdo. Soy un individuo y sin embargo no lo soy. Estas manos, estos pies, esta cabeza, este cuerpo asqueroso que me ata a esta vida no es más que un juguete de esa existencia insoportable que me sofoca en cada esquina. La vida me aterra, la muerte me aterra, yo me aterro... Todo es un absurdo descomunal.

4

El tipo de anteojos no está muy contento. Su ceño se arruga un poco más con cada renglón leído. Frunce los labios, se limpia la frente con un pañuelo azul de vivos blancos, menea la cabeza. Se lleva dos dedos a los ojos y los restriega.

—Miré, Von Artens, a usted lo recomendó el doctor Cuellar, de Cuellar y Cuellar, y la verdad que no dudé en contratarlo, pero este reporte de nuestra situación financiera la verdad... la verdad...

—¿La verdad que...?

—La verdad que es una cagada, hombre. Usted nos hizo perder el tiempo.

—Me empeñé mucho en el trabajo.

—No me cargue, Von Artens, no me cargue. ¿Y ahora qué le explico al directorio?

—No... no entiendo.

El tipo se saca los anteojos, sus ojos color sangre me estudian confundidos.

—Ese es el problema, Von Artens, usted no entiende nada de nada. En mi mano tengo veinte hojas llenas de garabatos.

—Los gráficos son tricolores...

—¿Los gráficos son tricolores?

—Sí, sí, son rojos, azules y amarillos. Gasté mucha tinta.

Me mira fijamente. Quiere hablar, pero sus labios no se mueven, sus ojos lo hacen.

—Si quiere puedo utilizar cuatro colores.

—¡Basta, Von Artens, basta! ¿Qué se cree que es esto: manualidades en la escuela primaria? Usted es un imbécil, usted...

El tipo habla y gesticula, ya no escucho. Ya no puedo escuchar nada. Nada tiene sentido. El laburo que me encomendó se puede ir a la reputísima madre que lo remil parió. ¿Qué es esa changa en la vida de un hombre? ¿Qué es la vida de un hombre en la vida del universo? ¿Qué es la vida de un universo en la vida de la vida? Me paso el tiempo conduciendo tareas que son tan inútiles como la arrogancia humana de sentirnos únicos. El tipo se refriega la frente tira una carpeta azul en la mesa. Transpira. Seguramente en unos minutos estará en problemas. Se arremanga. Su rostro se acerca al mío. Su cara enrojece y las venas del cuello se le hinchan como fuelles. Debe estar gritando o gritándome algo, pero nada me importa. ¿Qué va a ser de esta escena dentro de doscientos años? Me levanto. Me toma el brazo.

—El dinero... la comisión que le pagué... me tiene que devolver el dinero, Von Artens.

Escucho algo. No le doy importancia. El tipo se desespera. Me agarra. Lo empujo. Me mira, pero su mirada se pierde en mis ojos helados y vacíos. Me deja. Abro la puerta y la última mirada me muestra a un tipo, tipito, ahogado en problemas triviales que a mí no me interesan. Solo me interesa Jezabel. Solo me interesa lo que no comprendo. Solo... ¡qué palabra más acertada!

5

El muerto llegó anteanoche y todavía no se levantó. Tengo ganas de conocerlo. Si por ganas se puede entender una curiosidad atada a una aprehensión por lo que vaya a encontrar en ese tipo. Esta mañana al levantarme me quedé como tres minutos mirándolo en silencio y la verdad que este Abel parece un finado. Ni un dedo mueve en su sueño y al respirar su pecho parece no hincharse. Debe estar muerto nomás. Quizás estos locos lo traen cuando estoy dormido y se lo llevan cuando me duermo nuevamente. Los ronquidos que emite pueden ser el resultado de efectos especiales. Por ahí el tipo está embalsamado, quién sabe. Todo vale en este laberinto que habito donde el pintor se pinta a sí mismo, Jezabel parece vivir dos vidas en una y el muerto me recuerda a un muerto de veras. Algunas veces en los noticiosos muestran casos de locos que se pasan años viviendo con cadáveres de seres queridos. El hombre nunca quiere dejar algo. Siempre se aferra. Se aferra tanto que es capaz de negar la muerte. Ayer el cuerpo de Abel, el muerto, emanaba un olor pungente, casi putrefacto, ¿se estaría descomponiendo? Quise tocarlo, no me atreví. Mejor dejar que la muerte me toque a su debido tiempo y no yo a la muerte por adelantado. La curiosidad mata al gato. En un momento de pánico dejé el cuarto con tanta torpeza que rodé escalera abajo.

Ahora busco incorporarme, Jezabel me mira con sus ojos hermosos detrás de la niebla del cigarrillo.

—¿Te sorprendiste con Abel?

—¿El muerto?

—Sí.

Me levanto. Me froto la nuca, creo que me di duro con el zócalo.

—Decime ¿ese hijo de puta vive o no?

—No. —Jezabel pita el pucho, sus labios son rojos, profundamente rojos—. ¿Te hago café?

—Pero hay un muerto ahí arriba.

—Andá a despertarlo, Julián.

Giro y doy un paso, dos, luego tres, me agarro de la baranda. No, no puedo, algo me detiene. No puedo subir.

—No, mejor que duerma...

Jezabel ríe.

—¿Café?

Me encojo de hombros.

Ella toda, la mujer y la seductora, se acerca y deposita sus labios en los míos. El roce de su lengua sobre la mía me produce escalofríos. Quiero abrazarla. Me separa.

—No Julián. La ternura no puede ser pasión.

Bajo mi mirada. Me siento y no puedo pensar más. Obnubilado bebo en silencio mientras Jezabel me acaricia el cabello y fuma. Fuma como quien no tiene una preocupación en el mundo. Sus dedos son elásticos y suaves. En mi mente la veo desnuda. En mi vergüenza crece mi culpa.

Dejé la casa hace una hora. Debí irme. Ya no comprendía lo que allí sucedía.

Bajo por Independencia hasta Defensa y de ahí le doy para la Plaza de Mayo. Pateo por Florida entre oficinistas, oportunistas, turistas, chorros y mendigos. Todos entran y salen de mundos diferentes se trenzan se miran se tocan, pero nunca se confunden. Veo todo este mundo que transcurre al mismo tiempo y en forma conjunta, lo veo separado por abismos infranqueables como el de la niña, rumana parece, que mira descompuesta unas medialunas que un ciudadano anónimo saborea en la Richmond. Entre ellos dos hay solo una ventana, un pedazo de vidrio que sin embargo es la distancia más enorme que esa niña conoce. Allá en las galerías Pacífico un racimo de japoneses ríe para la cámara mientras un carterista le arranca la cartera a esa secretaria que hoy debe tomar el colectivo de vuelta a Lugano. Y yo, yo me encuentro en el medio de este desorden ordenado. Ordenado al menos en nuestras mentes porque si no sería imposible dedicarse a los quehaceres diarios. Creo que el hombre ordena para no deprimirse. En el orden encuentra algo que lo aísla, si bien superficialmente, del caos que representa la existencia. En un kiosco de revistas una pila de diarios informa acerca de la desaparición de una niña de 7 añitos en una playa europea y acá todos siguen con sus rutinas. Leen, sí, pero no realizan la conexión necesaria para darse cuenta de la mierda que es el mundo. Dicen cosas como «qué cosa de locos» y sin embargo ignoran a esa vieja que tira de un changuito cargado de latitas de gaseosas que luego venderá por migajas. Es más, esa rubia, la del tapado de piel pone cara de asco cuando la ve revolver la basura. ¿Cómo puede ser que no le dé asco usar como vestimenta la carcasa de un animal asesinado sin sentido más que el de embellecer la vanidad de esta enferma? Ya no puedo ver al mundo como lo veía. Ni siquiera como lo veía hace dos semanas. Me veo caer en un túnel inacabable, negro, negrísimo. ¿Cuán profundo puede ser mi *ser*? ¿Quién sino yo mismo puede rescatarme? Me detengo y me recuesto contra el frío mármol de un negocio de bagatelas de todo tipo. Esos que venden desde pilas hasta paraguas. Otra vez la náusea. Otra vez esa quemazón sin sentido. Me babeo; la gente me elude. Toso; la gente pone mala cara. Echo a andar. El mundo gira a mi alrededor. Debo sentarme en algún lado. El Ateneo. Sí, una librería. Me meto. Me siento. Cierro los ojos por un instante. Al abrirlos todo es un caos, pero de alguna manera yo estoy anclado en el medio de todo. Anclado, clavado a este mundo que yira y yira con sus suelas corroídas y sus pies ampollados. Este mundo que transita a tientas en la oscuridad absoluta aferrándose a una razón que choca a diario contra todo lo irracional de la vida. Por ejemplo, yo, sí, yo puedo ser solamente un contador desempleado o un hombre, según como me mire a mí mismo, por mi profesión o por lo que soy. Pero este mundo me conoce y reconoce por mi profesión. Después de todo ella, mi profesión es la que me señala como un tipo exitoso o fracasado. Entonces yo, el real, el hombre, estoy sentado acá, en este lugar, de manera intrascendente para el mundo a mi alrededor. La náusea. Me sube la náusea nuevamente. La siento quemarme debajo del diafragma. Me da asco. Me toco. Me siento. Y sin embargo yo no tengo ningún valor en este bar a no ser por el hecho de ser un cliente. Un cliente que paga por lo recibido. Eso y no yo, yo hombre, le importa al dueño del boliche. ¿Puede todo estar tan deshumanizado? Y si lo está ¿cómo el hombre pudo deshumanizarse a sí mismo de esta manera feroz? El café espera mis labios, pero no me espera a mí y si mis labios no lo beben, él, el café humeante permanecerá virgen, se enfriará, es cierto, pero seguirá siendo café hasta que alguna camarera limpie la mesa y chau. Pero al menos el café es siempre café, pero yo, yo, Sartre maldito, ¿qué soy: contador, cliente, consumidor de café, ¿qué mierda soy? Yo, mis células todas, mis partes, mi cuerpo, esa unidad que no es más que la suma de todas las partes es siempre reordenada de acuerdo con los roles que me toque vivir. Soy un hombre de manera abstracta se podría decir. Quizá soy una obra surrealista de la creación o accidente. Total, es lo mismo. Todo está lleno de imperfecciones. Soy una broma de una existencia que me hace sentir único aun cuando no lo soy. Soy solo una manifestación del todo. Un dedo de una mano que en algún momento será amputado y reemplazado por otro. Porque la vida se parece a los cartílagos de los tiburones. Se pueden cortar, pero vuelven a crecer. Me llevo la mano al estómago y un vómito me sube hasta la garganta y ahí muere, ácido, caliente, maloliente. ¿No es espantoso el saber, no, no, mejor dicho, el conocer que la existencia para mi *ser* es esencial, pero mi *ser* para la existencia no lo es?

A mi alrededor el caos continúa. A veces cambia de forma. Va de un grupo de adolescentes hipercinéticos a un trío de viejos que a duras penas camina sin bastón. El guardia de seguridad se toma un cortado y se olvida de su función o de lo que es o debe ser en este momento. Me doy cuenta, yo, el ser humano, el invisible sentado en esta mesa de mármol, que nadie es lo que realmente es. Es triste toda esta mentira a mi alrededor. La humanidad construyó esa mentira, a través de miles y miles de años, sin pensarlo quizá, pero la construyó hasta que al fin enterró su esencia. Nos sepultamos, viejo, y lo triste es que la vida ya había arreglado de antemano con la muerte nuestro entierro, entonces ¿qué razón había para apurar el velorio?

Pido la cuenta. Dejo una propina y me echo a la calle.

Camino. Transito entre cuerpos apurados. En cada mujer, bien parecida o no, veo a Jezabel. La veo desnuda como lo hice horas antes. La veo en el piso con el rímel corrido. Su voz áspera, sus letanías repletas de hastío hacia la humanidad. La oigo revolcarse con el demente de Antonio y hasta me parece escuchar los ronquidos de Abel aún si los muertos no roncan.

Mañana tengo que ir a la panadería del polaco. Le prometí que le iba a cerrar el mes. El bruto nunca logra el balance adecuado entre el debe y el haber. Buéh, necesito algunos pesos. Sigo por Perú hasta casa. Dudo. Entro. No hay nadie. Al menos no parece haberlo. No hay ni un ruido. Subo al altillo. En un rincón hecho un ovillo hay un tipo durmiendo. Lo quiero despertar. No me animo. Debe ser Abel. El muerto. ¿Cómo molestar el descanso sagrado de un difunto? Dejo el altillo y me voy a la cocina. Está oscuro. Prendo la luz.

—¡Apagá eso, infeliz!

—Antonio...

—Apagala, te digo.

—Pero ¿qué haces solo en la oscuridad... solo y en pelotas?

—¿Y qué voy a hacer? Vivo... vivo como me

74

diseñó la existencia.

—¿Desnudo?

—¿Acaso vos saliste vestidito del útero de tu madre?

Lo miro fijo. Quizá demasiado fijo porque Antonio suspira un poco molesto.

—¿Y las celosías?

—Las bajé yo.

—¿Te gusta estar en la penumbra cuando afuera hace un sol tajante?

—De ahí venimos, ¿no? —Enciende un pucho—. Sentate, Julián. Sentate que hice café.

Las mamas caen fofas sobre su pecho renegrido de vello enrulado. Antonio no es una vista placentera.

—Dale boludo. Dejá de mirarme que no soy un monumento al erotismo.

Río.

—¿No te sentís cómodo?

Elevo las cejas.

—Quizá si me pusiera un short, ¿no?

—Y...

—Ni en pedo, viejo. Ni en pedo te doy el gusto. Mirá al ser humano por lo que *es*, Julián.

—¿Y qué... es?

—En mi caso un cincuentón fofo que decae día a día. La belleza siempre me fue foránea. En fin, la vida no reparte igual. Eso de la igualdad entre todos es un mito comunista, Julián.

El hombre añora lo que no puede obtener de ninguna forma. —Pita el cigarrillo—. ¿Lo viste al fiambre?

Asiento con la cabeza.

—Murió hace un ratito.

—No entiendo.

Menea la cabeza.

—Mirá que sos, Julián.

Bebo el café en silencio. Antonio se levanta y va hacia la mesada, sus testículos se menean entre sus muslos, vuelve con dos medialunas. Se rasca la barriga y su piel se enrojece. Me da asco.

—¿La náusea?

—Y con vos así...

—La vida me hizo así, Julián. Yo no tengo porqué esconderme.

—Pero así no podés salir a la calle...

—Verdad.

—Entonces ¿por qué acá sí?

—Acá no existe la ilusión de la moralidad que sí existe afuera.

—¿Ilusión?

—Todo no es más que una ilusión, Julián. Tu libertad, tus derechos, tu civilización. Todo te puede ser quitado en un segundo. Si me apurás te digo que hasta tu existencia es una ilusión.

—¿Estuviste pintando algo?

—No. Leyendo.

—¿Algo que valga la pena?

—La historia de Hipólito Bouchard.

—Conozco la calle y nada más.

—Mi tatarabuelo lo conocía muy bien.

—No me digas.

—Navegó con ese loco.

—Me vas a tener que decir quién era. Porque como te dije no lo conozco a no ser por su calle en Buenos Aires.

—La historia es larga, Julián.

—De acá no me muevo.

Arquea su espalda y su torso se levanta pesadamente. Se lleva la mano derecha al escroto y se rasca mientras pita desinhibido el cigarrillo que se acorta entre sus dedos amarillentos. Al volver a la posición natural sus mamas caen pesadamente y su torso vuelve a arrugarse. De lejos se escucha un ronquido.

—Hipólito Bouchard fue un tipo extraordinario. Un francés, aventurero de aquellos, pero iracundo como pocos.

Me recuesto contra el respaldo de la silla. Siempre me gustaron las historias. Lo escucho. Sus ojos brillan con algo más que excitación.

—Vos sabés Julián que por el 1811 todo era durísimo para la nueva república. Guerras por acá, guerras por allá, traidores, oportunistas, buscadores de poder o fortuna o lo que viniera primero. Entonces como te decía, por esos años la armada al mando de Bautista Azopardo había sido destrozada en San Nicolás y el maltés fue apresado por los gallegos que lo condenaron a prisión. El pobre tipo pasó como diez años en mazmorras más insalubres que las cloacas de Víctor Hugo. A parte estaba eso del sitio a Buenos Aires desde la banda oriental.

—¿Qué sitio?

—La gente de hoy no sabe nada... Los realistas, ayudados por unos cuantos uruguayos, nos sitiaron y nos bombardearon allá por el 1811. A Buenos Aires bombardearon. Como te decía todo era durísimo por ese entonces; ¿entendés? El mismísimo gobierno patrio era un cabaret, quilombo por acá, quilombo por allá. Todo era un caos. En fin... Mi tata—

—¿Tu tata?

—Sí, mi tata, mi tatarabuelo, trabajaba de pibe en un rancho en las afueras de Belgrano, aunque su sueño siempre había sido lanzarse al mar como el Ismael de Melville. Era chico... —Antonio se detiene, recuesta su cabeza y se rasca el mentón—. Debía tener unos quince años si mal no recuerdo. Manuel se llamaba el tata. Luego todos lo llamaríamos Tata. Ya no quedan hombres como mi tata, che. Mierda, Julián, las comodidades modernas te endulzan demasiado. Pero volvamos a la historia.

Como te decía por ese entonces el gobierno, al no tener una armada digna de sostener la república, se vio obligado a otorgar patentes de corso.

—¿Patentes de corso?

—Sí de corsario. En esos tiempos era una práctica muy común. Los ingleses la usaron muchísimo. La cosa funcionaba así: un gobierno le otorgaba a un individuo una licencia que le permitía atacar, apresar, saquear y si quería destruir toda embarcación que mostrara una bandera enemiga. Luego el estado en cuestión y el corso se dividían el botín.

—Como el pirata de la reina...

—Exacto. Lo que muchos no saben es que en la joven América del Norte muchos corsarios con base en lo que hoy es Maryland tenían patentes otorgadas por las Provincias Unidas del Río de la Plata.

—¿Quién equipaba esas naves, Antonio?

—Muchas veces el mismo gobierno que otorgaba la licencia aportaba las naves o los víveres o las municiones o todo. También una gran parte de la tripulación. Generalmente conformada con gente indeseable. El contrato era válido por un año, a cuyo término se debía dividir el botín entre las partes y devolver las armas y los buques al gobierno patrocinador de la campaña. Como te podrás imaginar, Julián, muchas veces salía todo para el culo y los locos esos naufragaban o morían en altamar. En ese caso el corsario quedaba exento de todo reintegro. Lo cómico de todo es que el abordaje y saqueo se hacía enarbolando la bandera del patrocinador. Era una guerra no declarada. Algo así como una trifulca entre familias en los tiempos feudales. En nuestras costas el corsario empezó a ser moneda corriente allá por 1814, cuando Montevideo dejó de ser un puente para las tropas reales. En 1816 había corsarios con patentes otorgadas por Artigas que operaban desde la Banda Oriental y también corsarios chilenos con apoyo de marinos argentinos y británicos. —Antonio fuma. Pita el cigarrillo con ganas y su rostro se aniña a medida que el relato avanza—. ¿Vos sabías que el irlandés Guillermo Brown fue corsario o que David Jewitt, corsario yanqui, tomó las Malvinas en nombre del gobierno argentino? Todo era un lío en aquella época, Julián. Un irlandés creó nuestra armada y un yanqui nos dio las Malvinas. Eran tiempos románticos, viejo. Ahora, volviendo a nuestra historia, Bouchard era de Bournes, cerca de Saint Tropez. Siempre quiso ser aventurero. Cuando Bartolomé Mitre lo conoció dijo que el loco tenía ojos durísimos que parecían escupir fuego. Ah, otra cosa, Hipólito no era Hipólito sino André Louis y en algún momento se cambió el nombre. En 1798 el tipo se mandó a mudar después de que su padrastro perdiera la pequeña fortuna que le había quedado a su madre luego de enviudar. Se alistó en el ejército francés y tomó parte en los fiascos de Egipto y Santo Domingo. Harto de los sinsentidos de la postrevolución francesa emigró al Río de la Plata. Ahí empieza la historia que nos interesa. Arribó por el 1809 y casi de inmediato Hipólito se sintió atraído por las ideas más radicales de la primera junta. Las ideas del sector de Mariano Moreno. De inmediato puso a la orden de la junta su experiencia naviera. Así se embarcó en la expedición a San Nicolás que como te conté antes terminó en desastre. Mi Tata fue a despedir a esa flota con el orgullo inmenso de un hombre que siente a su país. Luego del desastre de San Nicolás, el Tata siguió a puro nervio el proceso que el gobierno patrio le inició al francés por cobardía. Ya en ese momento mi tata lo idolatraba. Al final se comprobó su bravura y la cobardía de sus subordinados que presas del pánico lo dejaron sólo en el medio de una batalla. Hipólito fue absuelto.

«La cosa sigue con Bouchard al frente de una cañonera contra las naves del virrey Elio y luego en el Paraná. En 1812 se enlistó en el regimiento de granaderos al mando de San Martín y peleó en San Lorenzo en 1813.

Deambuló por el norte y la banda oriental hasta que al fin obtuvo una licencia. Al regresar a Buenos Aires se le dio el mando de la fragata "María Josefa". —Antonio pausa, bebe, pita el cigarrillo, bebe nuevamente. Su rostro se pierde en la bruma azulada del humo de su cigarro. Respira hondo. Sus ojos, no, no sus ojos, su mirada se pierde en los recovecos de la memoria. Se ponen vidriosos. Sigue— El tipo se casó con una mujer de nombre Merlo, hija de un oficial español que Bouchard había derrotado tiempo atrás en Trafalgar. En fin, esas cosas de las conveniencias sociales. La verdad, Julián, que nunca supe, buéh, el Tata nunca se lo dijo a nadie si el francés alguna vez habló el castellano correctamente y no mezclado con su francés de Provenza. Vos sabés que el tipo era tan iracundo que fajaba a sus subordinados con la parte plana del sable. Lo respetaban todos.

«Allá por septiembre de 1815 la historia de mi Tata se junta con la de Bouchard. Resulta que Álvarez Thomas le extiende la patente de corso a Hipólito y se organiza una expedición financiada por Anastasio Echeverría».

—¿Echeverría?

—Un abogado rosarino que luchó en las invasiones inglesas. Era dueño de una fortuna importante. Un dato curioso, Echeverría se casó con su prima y armó un revuelo que ni te cuento. Pero volvamos a la historia, Bouchard zarpó con dos barcos a su mando hacia el cabo de Hornos para actuar en el Pacífico. El Tata se alistó como marinero y se pasó el tiempo limpiando el puente y comiéndose todas las bromas de mal gusto que en esos tiempos se comían los marineros vírgenes. El asunto es que durante la travesía uno de los barcos, a mando de Oliverio Russell, naufragó en medio de una tormenta. No sé qué fue de la vida de Oliverio; el Tata nunca se lo contó a nadie. Lo que sí recordó el Tata por muchísimo tiempo fue el ruido impresionante de la marejada contra el casco del barco y su posterior naufragio. Bouchard tuvo más suerte y salvó su barco el "Halcón". A pesar de la oposición de su tripulación, incluido el Tata, la expedición siguió su curso.

«A fines de 1815 el francés se reunión con Guillermo Brown y ambos acordaron llevar acciones conjuntas. Aun cuando sus temperamentos eran diametralmente opuestos. Guillermito Brown era calculador, cerebral, frío; Hipólito intuitivo, visceral, temperamental. En esa reunión también se acordó que Brown sería el capitán. Los dos locos (Bouchard y Brown), con la tripulación y por supuesto el Tata, quien para entonces ya había demostrado su valía al salvar a dos experimentados marineros de caer al mar durante la fatídica tormenta del cabo de Hornos, decidieron sitiar la fortaleza española de "El Callao". Vos pensá, Julián, que estos tipos solo tenían tres pequeñas embarcaciones: la fragata "Hércules", el bergantín "Santísima Trinidad" y la corbeta "Halcón". Durante no sé cuánto tiempo asediaron a los realistas y hasta les hundieron diferentes embarcaciones como la fragata "Fuente Hermosa". Entre otras cosas Brown y Bouchard con el Tata incluido capturaron una nave llamada "La Consecuencia".

«Pero en sus andanzas no todo fue color de rosas. En el ataque a Guayaquil los españoles capturaron a Guillermo Brown. Ahí Bouchard probó nuevamente su valía, esta vez como negociante junto al hermano de Guillermo Brown consiguió la libertad del Almirante a cambio de la devolución de gran parte del botín obtenido en sus misiones. Se quedaron en bolas, pero al menos los españoles no asesinaron a Guillermito Brown.

«La aventura en el Pacífico llegó a su fin cuando el buque de Bouchard ya no pudo mantenerse a flote. Guillermo e Hipólito decidieron repartirse los bienes. A Bouchard le tocó "La Consecuencia" que luego rebautizaría como "La Argentina" pero para su tristeza tuvo que dejar a su amiga de andadas: la corbeta el "Halcón". Acá sucede algo muy particular,

Julián, porque Bouchard recibió un segundo navío llamado "Carmen" y ¿sabés lo que hizo con el barco? —Sacudo la cabeza— se lo regaló a los mismos oficiales que antes a la altura del Cabo de Hornos, se habían amotinado contra él y su loca expedición. Aún con los desgraciados era agradecido el tipo».

—Antonio se levanta y estira las piernas. Me palmea los hombros, sonríe. —¿Querés que siga, Julián? ¿No te estoy aburriendo?

—No, no.

Se sienta nuevamente. Enciende otro pucho. Pestañea repetidamente.

—A mediados de 1816, otra vez financiado por Echeverría, Bouchard reunió una nueva tripulación. Otra vez plagada de tipos de dudosa reputación, algunos de origen británico y otros criollos. A regañadientes aceptó los pocos bártulos que el gobierno nacional le ofreció. Otra vez como antes, mi Tata decidió embarcarse. Antes de zarpar hubo una trifulca enorme entre los miembros de la tripulación que fue finalmente controlada por la infantería de marina. En la trifulca murieron dos personas. Como te podés imaginar, Julián, el gobierno bajo orden directa de Pueyrredón llevó a cabo una investigación. Nuevamente la magia de Echeverría resolvió el conflicto y finalmente Bouchard y el Tata pudieron zarpar. "La Argentina" puso timón hacia el este, África para ser más preciso. ¡Las cosas que pasaron en ese viaje! El Tata las contaba con la excitación de un chico que lee a Stevenson. Una de las tantas fue un incendio intencional que logaron controlar pero que al Tata le dejó una cicatriz enorme que le cruzaba el hombro derecho desde el deltoides hasta el pectoral. Otras cosas que pasaban cotidianamente eran trifulcas entre los criollos no habituados al mar ni a la disciplina y los británicos, marinos por excelencia y disciplinados por herencia. Cruzaron el Atlántico en poco más de dos meses y atracaron en Madagascar. En el puerto de Tamatave para ser más preciso. Por aquella época una extraña ley, utilizada por Inglaterra y Estados Unidos, autorizaba a un tercero a ejercer lo que se llamaba el derecho de visita. Utilizando esa ley, Bouchard inspeccionó cuatro navíos (tres ingleses y uno francés). Al comprobar que eran embarcaciones dedicadas a la trata de esclavos, el francés liberó a todos los negros y confiscó las pertenencias de los barcos.

«De ahí enfiló hacia oriente en busca de presas enemigas. Como te podés imaginar, Julián, la travesía no fue sencilla. Enfrentaron tempestades y enfermedades por doquier. Más precisamente escorbuto. Otra cosa que complicó el viaje fue la escasez de alimentos. Lo que más de una vez armó altercados que ni te cuento. El Tata se ganó dos cicatrices en el bíceps izquierdo, cerca del codo, cuando intentó detener a dos ladrones en la bodega de "La Argentina". Al final solo tenían galletas duras que humedecían en agua antes de comerlas. A los muertos los tiraban por la borda, respetando la tradición marina.

«A principios de noviembre "La Argentina" arribó a la isla Nueva de la Cabeza de Java. Allí algunos de los enfermos perecieron y los más fuertes lograron recuperarse. El 7 de diciembre la tripulación fue atacada por piratas malayos. Sí, Julián, por tipos como los que Emilio Salgari pintó en los Tigres de la Malasia, solo que estos eran de carne y hueso. Lo increíble es que Bouchard logró derrotarlos y secuestrar una de sus naves. Otras cuatro escaparon humilladas. Los prisioneros fueron enjuiciados por un tribunal que armó el francés, algo típico en aquellas épocas, y luego de ser declarados culpables de masacrar a la tripulación completa de un barco de bandera portuguesa, se los condenó a muerte. Todos fueron ejecutados. Salvo unos cuantos jovencitos a los que se tomó como grumetes. De ahí en más a Bouchard le tocaron días calmos y de buen viento. Cruzó el estrecho de Macasar y se metió en el mar de las Célebes. Siguió hasta Luzón en su intento de arribar y

bloquear Manila, territorio de la corona española por esos tiempos. En esa aventura el loco
francés hundió dieciséis barcos, abordó otros
tantos y capturo cientos de españoles. Sin que
nadie supiera porqué "La Argentina" enfiló
hacia China. Ah, el Tata ya para ese entonces
tenía contacto directo con Bouchard. Hasta
algunas veces, a la tardecita si el tiempo era
calmo, el Tata y Bouchard compartían el puente
y más de una vez el catalejo. El francés le tomo
cariño al Tata. Quizás vio en él la esperanza
cándida, hasta chiquilina si querés, de todo
país nuevo. Porque los países en pañales son
como los chicos en pañales, Julián, no saben
dónde se meten y cagan las cosas cuando se les
da la gana. El Tata nunca contó que pasó en
la China, pero siempre esbozó una sonrisa al
escuchar el nombre de ese país.

«En agosto de 1818 "La Argentina" atracó
en Hawai, en aquel entonces las islas Sándwich.
Bouchard fue muy bien recibido por el rey
Kamehameha I, y la tripulación disfrutó de
mujeres desinhibidas y paisajes paradisíacos.
El Tata se enamoró en ese viaje pero nunca
contó el nombre de la mujer. Quizás nunca lo
supo. El amor en ese entonces se disfrutaba,
Julián, no se poseía»

Antonio se detiene, cierra los ojos. Tal vez
algún amor lejano lo azote, quizá. Se refriega

las manos—. ¿Otro café, Julián?

—Dale.

Antonio se pierde en la alacena de la cocina entre cucharas y tazas. Hay un ruido. Me levanto. Alguien abrió la puerta de entrada. Sigo los pasos. Es el muerto. Lo veo a unos diez metros de distancia. Sube un escalón, dos, tres. Quiero saludarlo. No me animo. El muerto se pierde en el ático.

—Acá está el cortado.

—¿Viste quién vino?

—No.

—Abel.

—El finado, eh. Ya debe estar durmiendo.

Antonio se sienta. Los pocillos humean inmóviles.

—¿Estábamos por Hawai, no es cierto?

—Sí.

—Una cosa muy particular de ese viaje es que el rey hawaiano reconoció la independencia de la Provincias Unidas del Río de la Plata. Es más, el rey le vendió o devolvió, la verdad no sé muy bien, un barco argentino que luego de un motín fondeó en Hawai. El barco se llamaba "Santa Rosa". De Hawai, luego de juntar una tripulación para el nuevo navío, Bouchard le dio vela hacia la costa oeste de EEUU. Al mando de la "Santa Rosa" iba un tal Meter Corney, un ex marino que laburaba en una taberna de Oahu.

«Al avistar costas californianas a Bouchard se le ocurrió conquistar Monterrey. Al principio, el francés tuvo mala suerte porque la "Santa Rosa", por falta de viento, quedó varada frente a los cañones del fuerte español. A la pobre le dieron sin asco. No la hundieron; pero la dejaron inútil en diez minutos. Bouchard salvó a un montón de náufragos y vivo como un zorro dejó que los españoles celebraran la victoria. En esos tiempos todos se emborrachaban. En la madrugada del 24 de noviembre Bouchard conquistó Monterrey e izó la bandera argentina».

—¿De verdad, Antonio?

—Te digo más, Julián, el Tata la izó y lagrimeó como un nene. El país en pañales tenía ínfulas de imperio. El sueño de un chico. Durante cinco días Bouchard esperó un ataque español que nunca se materializó. Aburridos saquearon los poblados aledaños y bajaron hasta San Juan Capistrano, pueblo al que también saquearon. Cansados de saquear poblados le dieron hacia el sur. Primero San Blas, luego Acapulco. Ya en América Central atacaron Sonsonete, El Salvador, y después el Realejo, Nicaragua. Allí se apoderaron del navío "María Sofía".

«La aventura en el Pacífico terminó cuando un tal Coll, al mando de una nave chilena atacó por error a la "Santa Rosa" creyéndola española. Indignado, el francés le pidió a Coll que lo ayudara a socorrer a los heridos. Pero el tal Coll hizo oídos sordos y los abandonó. El Tata ayudó a remover balas y hasta en algunos casos inmovilizó los miembros que debieron ser amputados. Con el ruido de la sierra contra el hueso y los gritos desesperados, el Tata quedó marcado para siempre. Muchas veces dijo que su cabeza era prisionera de voces que nunca paraban de aullar, ni siquiera gritaban, Julián, aullaban como poseídas. Tal era el dolor. Te vuelvo a decir esas aventuras no fueron como las de Yañez y Sandokán, fueron verdaderas. Algunos de los marinos salvados murieron en cuestión de días prisioneros del tétano o la gangrena».

Lo miro. Mejor dicho, contemplo a Antonio como un niño contempla maravillado todo el conocimiento volcado en una enciclopedia. Antonio fuma y sigue.

—La historia que sigue es fulera, Julián. Al darse cuenta de que sus navíos ya no estaban para más aventuras el francés pegó un golpe de timón hacia el río de la Plata. Estaba decidido a asistir a San Martín contra los realistas en el Perú. Imaginate la sorpresa que se llevó Bouchard cuando en Valparaíso fue apresado por orden de un escocés llamado Cochrane. A partir de ahí a Bouchard se le inició un proceso que sería a la postre tortuoso. Tomás Guido lo defendió y hasta San Martín y O'Higgins declararon a su favor. Ante tremenda injusticia un compañero de Bouchard en San Lorenzo, el coronel Necochea, tomó por la fuerza con la ayuda de algunos granaderos (ese día mi tata se calzó las charreteras) el navío "La Argentina", el cual restituyó a Bouchard cuando éste al fin recobró la libertad. Para pesar del francés "La Argentina" fue saqueada cuando esperaba inerte en el muelle a su capitán. Todo lo que Bouchard había obtenido en sus campañas, ¡todo!, Julián, desapareció sin dejar rastro alguno. ¡Hasta la desvalijaron de sus cañones!

«"La Argentina" fue vendida como leña allá por 1820. "La Santa Rosa" fue incendiada en la revuelta del Callao en 1824. Pero antes Bouchard se alistó con San Martín en la campaña al Perú. El tata lo siguió en su derrotero. Y cuando Don José liberó al Perú, Bouchard se hizo cargo de la armada peruana. Mi Tata otra vez le puso el hombro y luchó por ese pueblo hasta entonces desconocido. La causa era la pasión de esos hombres; no la geografía de algún lugar. Bouchard se mantuvo a cargo de la marina peruana hasta 1828.

«De ahí en más su vida transcurrió en la extrema soledad y se fue rápidamente cuesta abajo.

«Así llegamos al fin de su historia. Nada romántica como los libros, te aclaro. El pobre francés no vio nunca más a su esposa ni a sus hijas y murió a manos de sus sirvientes quienes lo apuñalaron a destajo en una hacienda del Perú el 4 de enero de 1837. Debieron pasar más de 120 años para que sus restos por fin fueran depositados en suelo criollo. Hoy el corsario franco-argentino pasa sus días en el Panteón de Buenos Aires. —Antonio suspira y se toma el rostro—. Hipólito Bouchard, sí señor, un hombre con todas las letras».

—Y tu tata, ¿qué pasó con tu tata?

—Pobre el viejo... él que tenía tantos sueños de hazañas y conquistas. Como tipo leal que era, leal en serio, acompañó a Bouchard hasta el Perú. Y en tierra incaica lo sorprendió la parca. El Tata, mi Tata, murió ahogado en la revuelta del Callao. Ese día hasta Bouchard debió haber llorado.

—Uf, qué historia. Ahora, hablás de él como si lo hubieras conocido. ¿Cómo es eso?

—Claro, parece que exagero. Sabés que mi Tata tenía un diario que le dejó a mi tatarabuela en el Perú, el cual pasó de mano en mano hasta caer en la mía. De alguna forma lo conocí.

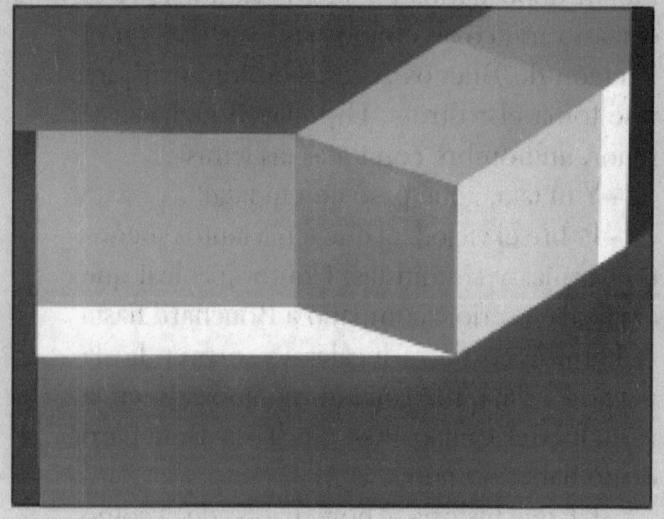

6

Jezabel está más preciosa que nunca. Sus ojos, mejor dicho, su mirada brilla en la inmensidad de la noche que nos cubre con un manto negro punzado con estalactitas plateadas. Por ser noviembre está un poco fresco. La miro, pero ella no sabe que la contemplo desde hace por lo menos quince minutos. Debería arrimármele y decirle que estoy acá, casi a su lado. Pero no, esta noche me siento como el gendarme francés en las colonias del pacífico sur cuando en silencio contemplaba a las salvajes mujeres de las islas Marquesas asearse desnudas en alguna laguna. Claro que yo no tengo que proteger la moralidad y no debo labrarle a Jezabel un acta por perturbar las buenas costumbres. Recuesto mi cabeza contra la pared que me esconde de su vista y suspiro. Suspiro como el chico que en su vergüenza se esconde del primer amor infantil. Ya no me acuerdo de Hipólito y sus andanzas, ahora la vida es una exaltación constante. Todo dentro de mí anda a mil. Mi corazón, mi respiración, mi mente. Todo es un caos gigantesco. ¿Cuánto hace que no me derrito por una mujer? ¿Puede un hombre a mi edad esconderse en la oscuridad para ser un voyerista de la mujer que tanto le gusta? Se da vuelta, Jezabel, y un rayo de luna penetra sus ojos y sus pupilas resplandecen acentuando esta mirada o aquel pestañeo. La fragancia de los jazmines trepa las paredes y algo de ella se pierde en mis fosas nasales. Me marea. Tanta fragancia y belleza juntas me marean. Bebe de su taza y su mano cobra un trazo de perfección en aquel dedo índice y ese pulgar blanco, cruzado con dos o tres pliegos, pero nunca arrugas. Una brisa juega con su cabello hasta perderse como vino, invisible, silenciosa. Jezabel y la noche. Jezabel y el patio. Jezabel y mi vergüenza. No aguanto. Me enderezo y camino casi con miedo. Me limpio la garganta.

—Julio, ¿estabas ahí? Qué sorpresa.

—No... recién llegué y como era una noche tan linda...

—Este patio es precioso, Julio. Y el té de maravillas. Sentate.

Jezabel toma una taza y con la docilidad más grande vierte en ella un poco de té.

—Es de manzanilla egipcia. Antonio anda pintando y vos sabés como es. Así que me vine para acá. Además, con esta noche... "Hoy puedo escribir los versos más tristes..." alguien dijo una vez.

—Ah, los "Versos del Capitán" ... ¡Il poeta d'l poppolo!

—Abel recién se fue...

—¿El muerto?

—No, el vivo. —Jezabel levanta su taza y bebe. Su muñeca no es más que un recuerdo de Miguel Angel.

—Es una mano, nada más...

—¿Qué... cómo?

—No, como me miras la mano tan fijamente... Me sonrojo.

—Esta noche no creo que puedas irte a dormir hasta tarde, Julio. Antonio anda a mil.

—¿En serio?

—Cuando pinta en pelotas con la música a mil, el tipo es imparable. Es más hoy lo acompaña Liszt.

Sonrío cabizbajo. La miro. Dejo caer mis ojos nuevamente.

—¿Qué te parece Liszt?

—No... no lo conozco mucho. —Mi mirada se pierde en mi taza.

—Sos vergonzoso, ¿eh?

—Son... son... son tus ojos...

—Si querés me los tapo.

—Entonces sería tu sonrisa...

—Puedo usar un velo...

—No... porque todo seguiría en tus hombros, en tus manos, en tus piernas... En fin...

—Cuántos piropos, che.

—Son gratis.

Jezabel ríe y se descubre el lado derecho de su cuello.

La miro hipnotizado.

—Che, ¡despertate!

—El absurdo, todo gira alrededor del absurdo y sin embargo un rayo de luna se deposita en un cuello desnudo y todo cobra sentido.

—¿Qué?

—Eh...

—¿Qué dijiste?

—No... no me acuerdo. Me salió de algún lado.

Ahora Jezabel recuesta su mirada en mí y todo mi ser se reconforta como hace mucho no recuerdo. Detrás de ella algo toma forma... un reloj... algo. Alguien toma nota de algo... un hombre con anteojos. Muecas. Veo muecas... no entiendo.

—¿Siempre te perdés en tus recovecos, Julio?

Cierro los ojos. Los abro. Ahora es ella quien me mira. No hay más muecas. Su hermosura es tan imperfecta que no tiene comparación con nada.

—Ah, Abel me dijo que el otro día te saludó.

—¿El muerto?

—El vivo, Julio. Me dijo que no le diste bola. Que estabas recostado boca arriba con los ojos brillosos, como perdido en un trance.

—¿Yo?

—Sí.

—No me acuerdo. —Otra vez veo a alguien de anteojos tomar nota. Me restriego los ojos.

—¿Cansado?

—No. —La miro y la sonrisa que viste sus labios es el caminar de una novia hacia el altar.

—En fin, a Abel no lo vas a ver por una semana más o menos.

—¿Al muerto?

—No, al vivo, Julio, al vivo. Se fue esta mañana para Bolívar.

La música que baja del altillo sube y sube. Liszt resuena en San Telmo como nunca lo hizo en Europa. Alguien grita, "¡Eso! ¡Eso! ¡Eso! ¡Rojo, ahora rojo desgraciado, rojo sangre como el dolor del mundo!"

—Te dije que Antonio hoy anda a mil. Debe estar pintando una obra maestra. Hoy lo llamaron de Tokio para organizar un show.

—¿A Antonio llamaron?

—Se cotiza muy bien, Julio.

La música no se detiene. "¡Azul, ahora el azul, para mandar toda esta mierda al fondo del mar! ¡Vamos Antonio, vamos, carajo!

Jezabel estalla en una carcajada y yo la acompaño. Detrás de ella la visión del anteojudo no me deja en paz y el tipo sigue tomando notas.

—¿Podés mirar hacia allá, Jezabel? Hacia los jazmines. ¿Lo ves a ese de rulos con anteojos?

Vuelve su mirada a mis ojos.

—¿Lo viste?

—¿Al de anteojos?

—Sí, sí.

—A mí me tiene sin cuidado. Esos van y vienen como si nada. Un día están acá, al siguiente nadie los encuentra. ¿Más té?

Empujo la taza al centro de la mesa. No lo encuentro, al anteojudo no encuentro.

—¿Querés ir a dar una vuelta, Julio?

La música retumba en la casa. "¡Negro, sí negro como la nada, donde todo empieza, donde nada termina!

—Vamos. El loco me está matando.

Desde la calle vemos una sombra desnuda moverse sin sentido al son de gritos y violines. Busco al anteojudo, pero ya no está o en verdad nunca estuvo o si estuvo se convirtió en un vestigio de algo que fue y ya no es.

Los adoquines brillan cansados bajo nuestros pasos. La calle Chile se abre a nuestro andar con su boca negra y sus fachadas de casonas decrépitas como los restos de un cadáver descompuesto que alguien recuerda como hermoso. Jezabel explota en la negrura con la claridad de una estrella fugaz que surca el cielo nocturno.

A medida que nos alejamos el eco de Antonio se convierte en un conjunto de epítetos proferidos por algún borracho o enajenado.

Buenos Aires se enciende con sus mejores luces, esas que estoicamente desafían la noche e invitan a sus habitantes a largarse a caminar y doblar en esta o aquella esquina cuando en otras latitudes ya están todos escondidos en sus hogares frente a la televisión. Jezabel pasea su gracia resaltando toda mi torpeza. Doblamos en Belgrano y le metemos hacia Paseo Colón. A lo lejos la nueva Buenos Aires, esa construida en Puerto Madero nos tienta con su opulencia, pero somos dos bohemios y la Buenos Aires que amamos es la de los pasajes y calles adoquinadas. La de las casonas y los conventillos. La que nació en el puerto con inmigrantes de la vieja Europa tan cansada, abatida y desesperanzada por aquel entonces.

—Te gusta caminar, —Jezabel habla sin mirarme.

—A veces.

—¿Hoy?

—Hoy es una de esas veces.

—¿Querés tomar un cortado?

Entramos a un café de estilo francés de pisos tarugados y mesas color betún. Nos sentamos frente a un ventanal enorme en forma de arco. Afuera las luces de los autos alternan rojos y blancos.

—Qué cosa que construimos en estas barrancas, ¿eh, Julio?

—No te entiendo.

—¡Buenos Aires! Las cosas que se tuvieron que dar para construir este laberinto hermoso. Los locos y los déspotas que contribuyeron para todo esto, Julio. Buenos Aires es una locura. Esta ciudad deja libre al loco y encierra al cuerdo. Es espeluznantemente hermosa. Hasta sus cementerios invitan a los vivos. Buenos aires no tiene límites es tan laxa como la imaginación de un niño. Se extiende y se contrae a gusto. Construye y destruye sin explicación alguna y siempre sale airosa. Airosa a pesar nuestro. —Bebe su cortado. Se lleva la mano a la frente y un mechón de pelo cae manso sobre su nariz—. Borges la describió como nadie cuando dijo eso de que Buenos Aires existió siempre. Ser porteña es hermoso y maldito a la vez. Te digo Julio, yo en otro lugar no me encuentro.

—Andás introspectiva esta noche.

—No solo hoy. Cada vez que tengo franco me viene toda la melancolía junta.

—¿Ahora estás de franco?

—Sí.

—¿Laburas a la noche?

—A veces.

—¿Y se puede saber de qué?

Jezabel me mira y sin dudar me besa el cachete.

—En fin, en noches como esta me encanta recorrer Buenos Aires. Me siento limpia, pura, inocente. Sus calles nunca dejan de sorprenderme.

—¿A esta edad todavía te sorprenden las cosas, Jezabel?

—La capacidad de asombro no es propiedad exclusiva de los niños. Vení. —Sin darme tiempo a reaccionar, Jezabel enfila hacia la barra y se sienta al lado de un tipo de unos cincuenta y pico de años, canoso, un poco calvo en la coronilla, de anteojos de carey y traje con coderas de cuerina beige. Me siento.

El tipo me saluda en voz baja, casi sin abrir la boca. Bebe, el calvo, bebe ginebra. A su derecha hay seis medidas vacías. Jezabel paga una ronda de tragos. Limoncillo para ella, para el calvo y para mí ginebra.

—Ustedes no saben lo que yo he vivido —El calvo bebe la medida de un saque y ahora a su derecha hay siete vasos vacíos. El octavo está por llegar. Se restriega los ojos color sangre y se suena la nariz con un pañuelo lleno de agujeros. Algunos mocos se le escurren entre los dedos. Se los limpia en la manga de la blusa de Jezabel. Ella lo mira con ojos tiernos, entendedores de algo que yo no comprendo—. La justicia, nunca se metan con la justicia muchachos. No es ciega; es tuerta.

—¿Tuerta? —pregunta Jezabel.

—Querida, es tuerta para el lado que le conviene. —bebe la octava ginebra y pide la novena—. Todo empezó como un juego. La conocí en la feria de San Telmo. Carlita una mujer preciosa de cabello negro y ojos verdes. Vino un día al puestito a comprar unos discos de pasta de Castillo. Le vendí tres y a la semana apareció de nuevo y me compró dos muñequitas alemanas del año veinte. Así seguimos por dos o tres semanas más hasta que un día me rehúse a cobrarle y le regalé un mate de plata. No debí haberlo hecho, querida. Pero el hombre es estúpido o la mujer muy viva. El asunto es que Carlita me invitó a cenar... —Ya estoy enganchado y hasta asombrado de que un extraño le abra su mundo de esta manera a dos desconocidos. Buenos Aires asombra como dice Jezabel—. Carla vivía en Villa Urquiza en la calle Bucarelli. Llevé dos botellas de vino y un postre helado. ¡La noche que pasamos!, hablando hasta entrada la madrugada y cuando ya habíamos hablado todo lo que un hombre y una mujer pueden hablar en una noche, nuestros cuerpos hicieron el resto. —Bebe su ginebra y se quiebra. El semicalvo ahora solloza y se limpia las lágrimas como puede con el pañuelo lleno de mocos—. Algunos domingos Carla aparecía por San Telmo y me ayudaba con el puestito. Era muy hábil. A los turistas, especialmente a los americanos, los mataba. Porque para ellos un artefacto es una antigüedad cuando tiene más de cuarenta años. Los más jodidos, me decía Carla, eran los turcos porque entendían muy bien el negocio y no se dejaban engatusar por una argentina sonriente. Con su ayuda el negocio caminaba cada vez mejor y en tres meses nos fuimos a vivir juntos a una casona de la calle Chile a pocas cuadras de la plaza. Una sugerencia suya me dio el envión para alquilar un local en Bolívar entre Estados Unidos y Carlos Calvo. En ese negocio invertí todo lo que tenía y compré cualquier cantidad de antigüedades de todo el mundo. Al principio lo atendíamos los dos y luego, por sugerencia de Carlita, yo iba de lunes a jueves y ella de viernes a Domingo, día en el cual yo me iba al puestito de la plaza. La idea se le ocurrió, así dijo ella, por la necesidad de tener tiempo libre para buscar más antigüedades y mejorar la reputación de nuestro negocio. Ya era nuestro negocio, aunque Carlita nunca puso un mango. Con el correr del tiempo al cartel del local le agregué su nombre y pasó a llamarse "Lázaro y Carlita antigüedades".

—¡Lázaro! Pero claro sí yo compre un jarrón chino hermoso en su negocio... pero...

—A mí no me viste, querida...

—No.

—Como te decía...

El tipo solo le habla a Jezabel o quizá tampoco le habla a ella y solo tiene la necesidad de contar algo que ya sabemos cómo terminará. Sigue por varios minutos más. Su historia da vueltas y contra vueltas, pero nunca se acaba. Es tan extensa e inacabable como Buenos Aires. Entre Carlitas y ginebras el tiempo transcurre atrapado en un elástico, siempre conectado al pasado, pero nunca llegando al futuro. El calvo incipiente se enmaraña en algo y se pierde, Jezabel lo escucha con la paciencia de una santa. Yo ya no puedo. Al final lo dejamos con Carlita, la embustera, a cargo del negocio y él en su puestito cada vez más escuálido. Antes de irnos Jezabel lo besa y le prepaga tres ginebras más. Al dejar el boliche, el calvo comienza nuevamente su relato, esta vez sin oído alguno que le preste atención.

—Ves lo que ofrece Buenos Aires, Julio.

—Historias con tantas vueltas y contra vueltas, con tantos laberintos como sorpresas. Historias sin fin y sin comienzo. Historias tan absurdas como fascinantes.

—Vas entendiendo, Julio.

Subimos por Plaza de Mayo y nos metemos en Florida. Las marquesinas tiran una sombra cansina sobre los gitanos apostados en ubicaciones estratégicas para mendigar el pan de cada día. Una nena de unos diez años, sus ojos apagados, sus labios arrugados a pesar de su temprana edad, se nos acerca y extiende su mano. No habla; sus ojos lo hacen. A unos veinte metros de ella debe andar el gitano que la fuerza a rebajarse día tras día. Al alejarnos se le escapa una puteada. Jezabel se muerde el labio inferior pero no dice palabra alguna. Doblamos en Santa Fe y le metemos para Barrio Norte.

—¿Otro cortado, Julio?

—Dale.

En la esquina de Santa Fe y Esmeralda dejamos atrás a un grupo de manifestantes que se encaminan encolumnados hacia algún lado. Total, lados para protestar sobran. A las dos cuadras no metemos en un café pequeño, casi cohibido entre tantos edificios a su alrededor.

—Pobre tipo, ¿no? —Jezabel se reclina en la silla, se hunde hasta que su cabeza se recuesta contra el tapizado del respaldo.

—¿El del café anterior?

—Lo perdió todo, Julio.

—También debe haber sido medio tarado ¿no te parece? No darse cuenta a tiempo de lo que buscaba la mina...

—La soledad enceguece, Julio. Te hace creer cosas que no existen más que en tu cabeza... no, no en tu cabeza sino en tu esperanza. La esperanza es irracional, Julio. La loca, a mí me gusta llamarla así, no tiene sentido y sin embargo existe.

—¿Cómo que no tiene sentido?

—Decime Julio ¿la vida no termina en la muerte?

—Sí, pero...

—Pero nada. La cosa ya está perdida y sin embargo el hombre vive en la esperanza. Hasta tiene la esperanza de la existencia de un mundo metafísico que lo salve de la inexorable decadencia de su vida. Para mí la esperanza es tan absurda como el yuyo que crece aislado en una grieta del pavimento. No tiene sentido y sin embargo lo intenta.

Bebo un sorbo del café amargo. La miro. Sus ojos centellean dentro del negro cerradísimo que los cubre.

—Quizás ese sea mi problema, Jezabel...

—¿La esperanza?

—No. La falta de ella.

Jezabel deja caer un poco su cabeza hacia la derecha y clava sus ojos en los míos. Me mira, me contempla, me estudia. Se adentra en mi interior. Al menos me da esa sensación.

—Sin esperanza no hay razón.

—¿Razón?

—Razón para vivir, Julio. Si no preguntale a André Breton que eligió la esperanza del amor antes que el nihilismo brutal del surrealismo puro. Nada destruye más que la ausencia de esa loca.

—Pero cuando miro, ¿entendés? cuando miro, Jezabel, porque el hombre mira siempre, lo único que veo es el uso o abuso de los seres humanos en nombre de la producción. Producción, producción y más producción. Y en el medio de todo, anudando la vida, la monotonía. No sé, pero todo me resulta aburrido y el aburrimiento es uno de los peores enemigos del hombre y ya que estamos en el asunto de nombrar nombres, Baudeliere escribió muchísimo acerca de la monotonía y sus efectos en el ser humano. A mí, Jezabel, todo me resulta tremendamente monótono o espeluznante.

Jezabel me toma la mano, la acaricia y su

toque tiene el lujo del terciopelo. Sonrío. Este momento, extrañamente no me parece aburrido, aunque sí fuera de tono con lo cotidiano. Sus ojos otra vez se adentran en los míos, pero esta vez me reconfortan y respiro menos pesadamente.

—Debe ser difícil ser vos, Julio... debe ser tan difícil...

—¿Y a vos nada te resulta difícil?

—Todo menos mi vida...

—¿Eh?

Encoge los hombros.

—No entiendo lo que querés decir.

—¿Cómo explicar lo inexplicable, Julio?

—¿Pero no es eso justamente lo que siempre tratamos de hacer?

—Y seguramente ese es nuestro principal problema.

Ahora soy yo quien la mira fijamente. Quiero besarla, pero no me animo. Como casi nunca me animé a nada en mi vida. Siempre hice lo que se esperaba de mí; nunca un poco más. Nunca me atreví a hacer lo prohibido, lo tabú o ¿a quién se le hubiera ocurrido? lo que nadie esperaba de mí. Siento su atracción, gravito hacia esta mujer como la luna hacia la tierra. Giro a su alrededor, la ilumino con mis ojos cansados y sin embargo no puedo cruzar la distancia que nos separa. El hombre habita al borde del abismo. El hombre habita al borde del abismo, el hombre—

—¡Julio!

—Eh...

—Para de mirarme de esa manera. ¿Qué te pasa?

Me restriego lo ojos. Escondo mi rostro.

—Nada. Necesito aire nada más.

—¿Querés que vayamos?

—No, no, dame un minuto. Estoy como sofocado. A veces me sucede. Es algo que me cae de golpe, como esas malas noticias que uno jamás espera. Todo empieza con un pensamiento y luego el pecho se me comprime, empuja los pulmones hacia adentro, los achica y me ahogo como el asmático pero lo mío es psicosomático. Perdoname.

—¿Fue nuestra conversación o algo que dije?

—Un poco de todo. —Toso. Un puntito de baba blanca cae en la mesa. Jezabel arrima su mano a mi rostro y con un pañuelo limpia mis labios.

—No sé qué decirte, Julio. Perdón.

—No, no es nada. —Llevo mi mano a su rostro y acaricio su cachete derecho. Otra vez siento la urgencia de besarla. Me le arrimo, mis pulmones se contraen violentamente y toso y respiro agitadísimo. Jezabel se levanta y corre a mi lado. Me dobla en dos. Esconde mi cabeza en su regazo. Me acaricia. No veo más nada. Cuando finalmente me sobrepongo veo la mesa rodeada de gente y un médico que me toma el pulso.

—No es nada, señor. Debe haber sido un ataque de ansiedad o algo por el estilo. Repose cuando llegue a casa.

Se alejan. Todos se alejan. Jezabel me mira con la ternura de las almas puras. Durante varios minutos permanecemos en silencio, bebemos el café, nos miramos, intentamos conocernos.

Dejamos el bar luego de varias preguntas acerca de cómo me encontraba y todo eso. Le pedí caminar. Dejamos atrás Callao, y desde hace unas cinco cuadras, Santa Fe no deja de tirarnos encima sus intrusivas marquesinas.

—Contame, Julio, ¿hasta cuándo te pensás quedar en el departamento?

—¿Ya me querés echar?

—Es solo una pregunta.

—Sabés que al principio tenía un montón de dudas y luego de una semana me quería ir. También con el loco de Antonio y sus hombrecitos y el muerto que nunca se muere, pero tampoco vive, nadie me podría haber reprochado nada. Pero de a poco algo fue creciendo en mí. Tal vez con ustedes no me aburro como generalmente me ocurre. La verdad que no sé cuándo me voy a ir o si realmente me quiero ir.

—¿La falta de espacio y de privacidad no te incomoda?

—Al contrario, el espacio y la privacidad son los que me aterran, Jezabel.

—¿Y la introspección?

—Nunca me animé.

—El hombre nunca termina, Julio, es algo así como un barril sin fondo.

—Me pregunto si alguna vez empezó.

—¿Y a vos que te parece? —Jezabel detiene su andar bruscamente.

—La verdad no sé. ¿Te parece tan importante la pregunta para que te pares en el medio de la vereda?

Jezabel baja su mirada.

—¿Te desilusioné?

—No, vos no. Tu falta de valentía sí.

—¿Por una pregunta podés decir si alguien es valiente o no?

—La valentía del hombre radica no en confrontar aquello que lo rodea sino aquello que lo habita y le es desconocido.

—¿Pero no te parece que sos injusta? A mí que me vengan a decir—

—Shhh... Sigamos caminando.

—Pero...

Jezabel ya no tiene interés en mi respuesta. Yo ya no tengo interés en mi respuesta y quizá el mundo no tenga interés en mi respuesta. Otra vez el desgano. Otra vez el terror de no querer adentrarme aún más en lo que soy. ¿Qué soy?, ¿quién soy? ¿Cómo saber quién soy cuando no sé lo que soy? En fin...

Caminamos. Desandamos veredas, cruzamos calles atestadas de autos que no respetan peatón alguno. La miro. La contemplo asombrado. Después de todo una mujer nunca me había dicho que era un cobarde. ¿Cobarde de qué o por qué? Tal vez le parezco un tipo muy superficial o indiferente, tal vez, pero la verdad es que no tengo miedo alguno simplemente estoy medio perdido o perdido del todo, quién sabe.

—Sos muy severa, nena.

—La verdad es severa sólo para el ser humano, Julio. La verdad no sabe nada de laxitud o severidad. Sólo el hombre se pierde en adjetivos.

—Pero si le sacás los adjetivos a la vida ¿qué te queda?

—Todo.

—No, no te queda nada. ¿Qué es la vida sin algo alto o bajo, frío o caluroso, lindo o feo, eh, qué es la vida?

—Vos me parecés un cascote, che.

—¿Yo?

Jezabel ríe a más no poder. En la vereda

de enfrente hay dos chicas que la miran curiosamente.

—¿Te asombra como nos miran esas dos, Julio?

—Un poco sí.

Nos detenemos.

—A ver, describime a esas chicas, Julio.

—Una es alta, morocha de pelo lacio hasta los hombros, un poco rellenita, pero de buena postura. —Me detengo, nunca me gustó describir algo.

—¿Y la otra?

—Alta también, quizá más alta que la que la acompaña. No sé bien que color es su cabello quizá sea un marrón cobrizo. Parece linda. Bien vestida. Me gusta su cabello corto y lacio. Parecen buenas amigas. Al menos ríen con ganas.

Jezabel se queda mirándome casi sin pestañear.

—¿Dije algo equivocado?

—No dijiste nada, Julio. Sólo tiraste una montaña de adjetivos: alta, linda, corto, lacio, rellenita. ¡Hablaste un minuto y no dijiste nada!

La miro desacomodado. Algo me molesta y no sé bien lo que es.

—Julio vos hablás del muerto describiendo el cajón.

—¿Qué querés decir?

—Pensá.

—No sé a lo que querés llegar.

Jezabel suspira y me besa el cachete izquierdo.

Seguimos derecho hasta Plaza Italia. No hablamos. De vez en cuando intercambiamos miradas furtivas. Sólo eso. Las mías inquisidoras; las de ella comprensivas. La feria de los domingos solo deja huellas en los esqueletos de los puestos alineados uno tras otro y enfrentados en dos hileras.

—Pensar que los domingos esto revienta, —dice Jezabel—, y hoy estos esqueletos no son más que una imagen fantasmagórica.

—¿Los puestos son?

—¿Acaso no te cuentan historias de ciudad, de mercadería adquirida o robada; de pujas sobre precios y descuentos? Vamos Julio, no me digas que no te hablan de todo un poco.

—Para mí no son más que caños y maderos donde los vendedores montan sus puestos.

—¿Y hoy cómo los ves?

—Vacíos.

—¿Nada más, no los ves de otra forma? Miralos bien.

Enfoco los ojos en los hierros, en las hileras que se extienden opuestas, me esfuerzo y sin embargo nada.

—Te digo, piba, los veo vacíos.

—Otra vez te refugias en adjetivos, Julio. Dejalos de lado y mirá las cosas por lo que son. —Jezabel se para frente al mismo puesto que miro desconcertado—. Este puesto, Julio, este puesto es.

Espero que siga. Me refriego las manos, mi lengua humedece mis labios, me impaciento.

—¿No entendés?

—¡Es! ¿Eso es todo lo que tenés para decir?

—Ese verbo es más profundo que todos tus adjetivos juntos. Todo empieza en el ser, Julio.

Me apoyo en el puesto, vacío, sí, vacío porque no hay un puto vendedor en un kilómetro a la redonda. Me mareo. La plaza me da vueltas, los autos alrededor se agrandan y achican, pero no se detienen. Todo me oprime. La respuesta de Jezabel lo hace aún más.

—Vos estás loca como Antonio y los dos están tan locos como el muerto en el ático. Este puesto está vacío, mierda.

—¿Quiénes son los locos, Julio: aquellos que le agregan adjetivos a los que son o aquellos que simplemente son y se contentan con ello? ¿Escuchaste eso de que el universo es una librería infinita conformada de innumerables cuartos hexagonales?

—Borges... Sí, lo escuché ¿pero a qué viene eso?

—Justamente esa librería enorme está

habitada con gente de cualquier calaña y entre ellos están los que buscan incansablemente todas las repuestas a sus preguntas y en ese acto matan y se matan y así anda todo. ¿Entendés ahora?

—No. —Abro los brazos.

—Todos buscan definir algo como bueno o malo, útil o inútil, de alguna forma reivindicarlo o defenestrarlo, nunca dejarlo neutro.

—Ahí, ahí, en la definición terminás usando un adjetivo.

—Tengo que hablar de este modo para que me entiendas, Julio. El hombre puede prescindir del lenguaje —al menos al intentar entender el universo y su universo— pero justamente la necedad de no dejar de utilizarlo y su empeño en describir lo incomprensible por medio de palabras es la causa de la confusión en la que el hombre se ha perdido. Como en el cuento, la librería es saqueada por vándalos que en vano buscan su preciado libro de respuestas y al final no encuentran nada. Acá en esta plaza, otro hexágono por llamarlo de alguna manera, vos no encontrás nada.

—¿Y vos sí?

—Yo no busco nada, Julio.

—Yo tampoco estaba buscando nada, pero vos me metiste en este laberinto indescifrable.

—¿Si no buscás para qué mirás?

—Porque vos me dijiste que mirara este puto puesto, Jezabel, dejate de jorobar, che.

—Si te puedo influenciar tan fácilmente por algo será. Lo que más asusta al hombre es el erguirse, sin muleta alguna, en medio de la confusión generalizada de nuestros días. De alguna forma u otra todos viven sometidos.

¿Qué más puedo decir o qué puedo preguntarle? Estoy exhausto. Esta conversación no tiene pies ni cabeza. No sé a dónde quiere llegar. El puesto me importa un carajo y ahora me atormenta con su vacuidad entre tanto lleno a su alrededor. Pero otra vez me pierdo en adjetivos. Toda la vida me parece un adjetivo enorme y ahora me pesa y no puedo avanzar en el proceso mental que busca entender a esta loca. Quiero ser libre como ellos, como el loco que muere en vida o Antonio y su travesti, real o imaginario, y esta mujer adorable a la cual otra vez le pongo un adjetivo. Quiero ser feliz. ¿Se puede ser feliz o "feliz" es solo otro adjetivo sin valor alguno más que la descripción de un estado inalcanzable?

Camino a su lado. Nuestro silencio de alguna manera me libera. En estos momentos, aunque no entiendo muy bien el concepto, creo que soy, y el saber o reconocer o recordar que soy me produce una sensación de bienestar. Caminamos. Somos. Vivimos. Tres palabras y ni un sólo adjetivo. La noche me parece fresca. Otra vez un adjetivo. La noche me parece... ¿qué me parece? En fin...

7

Los días transcurren, no pasan ni vuelan, simplemente transcurren. Se desplazan a una velocidad constante, no demencial, pero sí un tanto acelerada respecto a su duración cronológica. Esa duración que habita los relojes en las muñecas de todos. Esa cárcel sutilmente camuflada. Y sin embargo esa prisión es la que hoy ansío habitar. Todo o nada, quién sabe, se vuelve turbio a mi alrededor. Una bruma cubre mi mente y en ella me pierdo, como el marino borracho pierde el consejo de las estrellas y termina encallado contra unos arrecifes de alguna costa impensada. Quiero detener este mundo que se desenvuelve y retuerce frente a mis ojos. Quiero pararlo, estudiarlo, entenderlo, pero no me deja. Sus protagonistas tienen tantos giros y contra giros como los laberintos de Jorge Luís. Jezabel es un deseo que me consume. Envuelve mis entrañas, las carcome y una vez hecho el pasaje explota en mi corazón. Se hincha y me da una sensación de querer reventarme en infinitos pedazos de felicidad demencial, esa que tanto buscó Jack Kerouack en los Estados Unidos de los años 40. Golpea. Sí, esa mujer me golpea con tanto deslumbrar que me turbo al querer, aunque sea por un instante, dibujar su rostro en las paredes de mis párpados. Antonio de alguna manera la posee. La pinta. La pinta vestida, la pinta desnuda. La pinta toda y a veces en pedacitos como ese óleo que terminó ayer. Ese del dedo meñique de Jezabel que es observado obsesivamente por decenas de pares de ojos. Ojos verdes, azules, color miel, castaños, negros. Ojos todos asombrados, porque Antonio asombra en sus pinturas, por la hermosura contenida en los trazos de un meñique. ¿Quién hubiera intentado resumir la belleza avasalladora de una mujer en un meñique? Sólo Antonio y sus hombrecitos que se cuelgan de tinglados, de balcones, de techos, salen de cloacas, emergen de los arbustos, en fin, de todos lados con esos ojitos inmensos para sus cuerpitos. Esos ojitos inmensos enfocados en ese meñique diminuto. Qué logro, pienso, qué logro la puta que te parió. Sólo la belleza extrema puede provocar semejante desacople en la escala corporal de un ser humano.

Ahora entiendo. Sí, en ese lienzo que el loco de Antonio me dejó mirar por unos diez segundos encontré una respuesta a una de mis tantas búsquedas. Sólo importa la belleza no la perfección. Un dedo un simple dedito nos empequeñece y al mismo tiempo nos viste de gala. Río. Me estremezco. Nadie puede explicarme por qué ese dedo es bellísimo salvo mi instinto que no tiene explicación y sin embargo me llena de admiración. Todo esto es demasiado para asimilarlo sin marearme. Antes, y antes me parece un siglo atrás y no un par de semanas, no me hubiera detenido ni loco ante la pintura de un dedo y ahora me taro y me quedo pensando en ese puto meñique por horas. Ya no me acuerdo como fue mi vida anterior, si es que la vida de un hombre puede ser dividida en un antes y un después y no ser una línea sin interrupciones que lo lleva a la muerte. Yo morí. Lo hice. Y renací o al menos estoy renaciendo o creo que lo estoy haciendo. A qué mundo estoy renaciendo no tengo la menor idea y sin embargo me excita como hace mucho nada lo hace.

El altillo hoy está tranquilo. Antonio se fue con su bolso a deambular las calles en busca de todo lo que el mundo tira para construir su mundo porque el artista rearma lo que el hombre desarma. Debe andar juntando ladrillos, pedazos de mampostería, hierros retorcidos y hierros derechitos como la mejor regla, cantos rodados, arena, pedacitos de cortezas, y otras cosas. Y debe andar loco de contento en su aventura. El tipo es lo más cercano a Dios que conozco, inclusive más cercano a Dios que Dios mismo. Este tipo existe de veras, es tangible, sonríe. Pasa sus días en la misma mierda que nosotros y parafraseando a Oscar Wilde: Antonio es uno de los que vive en las cloacas con la vista en las estrellas. Con el loco pululando por ahí el altillo me parece mío. Hasta los lienzos me parecen míos. Toco sus pinceles. Imagino trazos rojos con sombras azuladas bajo lunas doradas y horizontes sienas. Todo un caos, todo hermosura, todo sin sentido subrayado por el sentido desordenado de mi ser ¿o puede acaso un ser humano hacer algo sin sentido cuando en su cuerpo todo tiene sentido, hasta la pestaña más minúscula? Y si lo hace ¿no es ello la verificación de que todo en esta vida es redondo y se llega al sinsentido por la ruta del sentido?

Me siento frente a un óleo cubierto por una lona manchada de negros y rosados. Quiero quitar la lona y no me atrevo. Algo me parece sagrado. Algo bajo esa lona parece inalcanzable para mi mente. No me siento todavía capacitado para absorber todo lo que este mundo me ofrece. Quizás el poeta pueda. Quizá Hölderlin lo haya hecho y así le fue. Y ni hablar de Rimbaud y su pierna amputada y su sífilis y su desierto y su locura. Quiero entender todo, quiero meterme de lleno en ese mundo sinsentido que tanto sentido tiene para todos estos locos y sin embargo no me siento preparado. ¿Puede un hombre prepararse para algo tan difícil de comprender o ello es solo una mentira? ¿Y quienes son aquellos que poseen la llave a ese universo que todos anhelan y nadie se atreve a explorar realmente? Porque las religiones son solo un intento de levantar el velo que todo lo esconde, pero se quedan ahí, se quedan en el intento y nada más. El místico y el cura no son más que arbustos en bosques gigantescos.

Dejo los pinceles en el tarrito con agua y me reclino contra la pared. La cabeza me da mil vueltas. En este altillo puedo oler la fragancia de Jezabel y el meñique me vuelve a envolver. Dentro de él me acurruco en posición fetal. Regreso a mi niñez. Me pierdo en sus paredes rosadas, tiernas, en su piel suave como el terciopelo. Respiro tranquilamente. Me relajo. Todo se va frenando. Mis ojos ya no están sitiados por la bruma. Ahora mi mirada es clara. Veo un bosque con arbustos a los pies de árboles gigantes. Camino hacia ellos. Piso la cabeza de un Papa, quizá Paulo VI o Pío IX, pero no son más que arbustitos. Sigo. Todo tiene sentido, nada explicación. Al fondo veo un faro que irradia un azul mar profundo. Sigo. Veo. Sigo. Veo. Todo tiene sentido y sin embargo nada lo tiene. Aquí, sí, aquí trasciendo la felicidad. Respiro sin turbaciones. Respiro sin turbaciones. Respiro sin turba...

8

Hoy todo está extrañamente callado. Del estudio no baja sonido alguno aún con Antonio atrincherado en esa cueva desde hace ya no sé cuántas horas. Abel ronca y no se mueve. Quizá sueñe algún sueño eterno porque no se despierta nunca. Sigue muerto como aquellos en el primer cementerio y los que serán enterrados en el último. Jezabel no despega la mirada del maldito Fitzgerald. Antes me gustaba ese autor ahora lo aborrezco. ¿Cómo un muerto puede conmover tanto a una persona?

En este vacío no tengo más remedio que encontrarme a mí mismo. Solo, me encuentro solo. El hombre nunca puede hallarse entre medio del público. Necesita intimidad a su alrededor. Y en este momento estoy solo, fumo en el pasillo, recostado contra la pared. El ritmo de mi corazón me aturde.

Allá, más allá de Jezabel alguien inclina la cabeza y le susurra algo en el oído a una mujer de trazos finos, de nariz dura y recta, de ojos impávidos y maneras serenas. La mujer asiente. Me miran. Conversan algo. Ella asiente nuevamente. Apoyo la cabeza contra la pared, la muevo de lado a lado, siento el frío en la nuca. Estoy solo. Yo, Julio o Julián, depende de quién me llame, estoy con lo puesto y sólo soy lo que soy. Un hombre y nada más. El hombre aislado que intenta desesperadamente pertenecer a algo. Qué sé yo a qué, pero a algo seguro. Miro, estudio mis alrededores. Toco la pared, la siento, la intento incorporar a mí mismo, pero es otro cuerpo, separado, duro, terco que ni se inmuta con mi presencia. El esfuerzo desmedido que realizo al pestañear agranda mi soledad. De a poco me derrumbo, deslizo la espalda por la pared hasta sentarme en el piso. Me hago un ovillo, cabeza metida entre las rodillas, rodillas enlazadas por mis brazos, dedos entrelazados. El cigarrillo se acorta y no lo pito. A lo lejos escucho voces irreconocibles. No tengo idea de que hablan. Jezabel se borronea entre las páginas de un libro. Antonio ya no es Antonio y Abel es Abel y ese es el problema.

Levanto el rostro, abro las manos, las estudio, recorro cada vena, cada arteria, cada tendón. Reviso el anverso y el reverso. Me son desconocidas. Mis manos lo son. Quiero perderme en mi mente, impenetrable en este momento. Es como si viviera en un ser que no comprendo o en un cuerpo recién alquilado al que busco aclimatarme.

¿Puede el hombre ser foráneo a todo, inclusive a sí mismo? ¿Y si el conocerse a sí mismo no es más que un engaño de la existencia para hacer todo más llevadero? ¿Acaso la existencia no es la embustera más grande de todas con sus promesas de sueños y vida eterna? ¿O fue el hombre el qué se mintió a sí mismo con eso de la eternidad y los sueños?

El asunto es que hoy me siento tan extraño a la vida como la vida a la muerte. Enciendo otro cigarrillo y al pitarlo es como si mi mano no fuese yo. Es mía, sí, pero no la siento como una parte indivisible de mi ser. Cierro los ojos. Me zambullo por las fuerzas en mi interior, aleteo desesperado como un pájaro a punto de perder sostén. Paso por todos los escombros que sirven de barricadas entre lo que soy, allá bien adentro y lo que creo ser. Pataleo, puteo, mi mente se retuerce, se hace pequeña pasa por recovecos diminutos y explota de manera brutal para derribar fortalezas interiores. Quiero llegar al ser desnudo. Ese que esta vida se encarga de destruir no bien nacemos. Ahí, sólo ahí, me puedo reencontrar conmigo mismo. El derrotero es tortuoso. Mis ojos pugnan por abrirse, por escapar de esa oscuridad tan fulgurante. Oscuridad aterradora y encantadora a la vez. Oscuridad extraña y familiar. Prenso mis párpados, los quiero suturar, me cubro los ojos con mis manos. Huelo el cigarrillo entre mis dedos. Julio, escucho, Julio, alguien llama en mi interior. ¿Pero qué puerta abrir? ¿Qué ventana me devolverá la imagen que tanto deseo?

Fuerza, Julio, fuerza carajo. Me impulso. Mi ser se retuerce por infinitésima vez, me deformo, me reformo, me hago elástico como el tiempo del aburrido. Avanzo sobre este obstáculo y aquél. Debo estar cerca de mi ser. Mis ojos se mojan, se irritan, conjuntos de mocos se deslizan sobre mis labios. Siento una quemazón en mis dedos. Escucho una queja distante. Tengo frío. Debo haber bajado a profundidades heladas. ¿No era que en el centro encontraría calor, calor sofocante? Mis manos se hielan de a poco. Tirito. Lloro. El cigarrillo ya no lo huelo. Quiero volver, no sé cómo. Giro en mi interior. Mi mente me devuelve paisajes, creo que me habla de esa manera para que la entienda. Son todas metáforas. Veo acantilados gigantescos, abarrotados de hielo, un sol gélido brilla allá arriba, abajo todo es penumbra. Intento escalar, me resbalo una y otra vez. Mis manos se hacen un puño inmenso y el golpe cae como la maza en la cantera y todo explota y el acantilado se abre y yo me abro paso. Otra vez me deformo para reformarme inmediatamente. La luz, la luz crece. Creo volver. Ya casi toco la luz. Mis brazos se estiran, mis dedos tantean algo, un rostro, algo. Ya, ya casi. Abro los ojos en medio de un alarido. Todo se ve borroneado. La veo, a ella veo con su libro de Fitzgerald y sus ojos de bienestar absoluto. Me le arrojo encima como un león. Caemos, rodamos por el piso, la beso, me besa. Me separa, me estudia. Llora. Lloro. Lloramos. En el patio veo a la mujer de trazos finos llenar de garabatos una carpeta. Suspira, la mujer de trazos finos lo hace. Se restriega los ojos.

—A mí. Mirame a mí, Julio.

La miro, a ella, a Jezabel.

—Te quemaste todos los dedos. Tus ojos están rojísimos, tus puños ensangrentados. Estás blanco del frío. ¿Andás en drogas, vos? ¿Heroína, LSD, Mezcalina o algo por el estilo? No me mientas, eh, no me mientas.

—¿Drogas?

Me arremanga.

—¿Y esto qué es esto?

—¿Qué cosa?

—Esto. Estos puntitos rojos en tus brazos. Son pinchazos, Julio.

Me miro. Lloro. Me abraza en su regazo. Lloro como no lloré nunca.

No sé quién soy, no sé lo que hago ni a dónde voy y sin embargo vivo. La vida no puede ser más cruel. Levanto la vista. A lo lejos una puerta se cierra. ¿Quién la cerró?

—Pero yo... yo nunca, Jezabel... yo... —rompo otra vez en llanto.

—Shhhhh. Conmigo estás seguro, Julio.

—¡Verde, mierda! Sí verde como la campiña inglesa. Eso, eso, subí, subite a la obra Claudita. Subite y dejá que todos te deseen!

—¿Volvió Antonio?

—Estuvo siempre ahí, gritando como un loco. Claudita está con él. No te la presento porque en este estado la vas a asustar.

—¿Y Abel?

—Estuve charlando con él un rato largo. Ahora falleció.

—¿Se murió?

—Vivo mucho no dura.

La miro, cabeza elevada, boca ancha, ojos perdidos, imploro que me explique este día.

—No te podés pasar la vida buscando, Julio.

—¿Buscando qué?

—Vos lo sabrás. Vení vamos a curarte la

quemadura. Tenés los dedos al rojo vivo. Todavía tenés el cigarrillo pegado. ¿Desde cuándo fumás?

—¿Eh? ¿Los viste, Jezabel?

—¿A quién?

—A la mujer que tomaba notas y al hombre que le susurraba cosas al oído.

Jezabel me mira. Se lleva la mano a la cabeza.

—A veces yo no sé si vos vivís acá o tenés problemas espaciotemporales.

—Solo quería saber si los conocías...

—Pará de buscar, Julio, pará.

Jezabel me limpia la herida y me venda. Recién ahora siento el dolor físico; el espiritual lo llevo siempre.

—Eso Claudita, eso. Dame más, mucho más. Dame tu vida, tu alma, tu ser. Debo ser tu amo, Claudita, yo, yo te creé y no otro. Tirate en el lienzo, sé mi prisionera. Dale que el muerto no se despierta. Te adora, Abel te adora, Claudita, no ves que está muerto de amor ¡Eso, carajo, eso Claudita! Cómo te quiero—. El altillo devuelve sombras, ronquidos y gritos.

¡Cuánta vida en ese cuarto; cuánta muerte en este cuerpo!

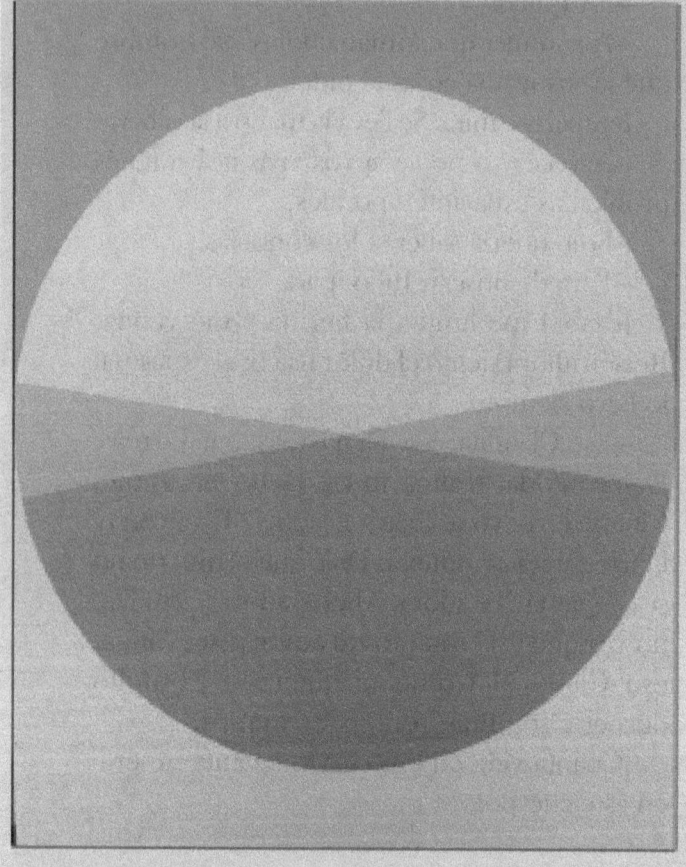

9

Antonio se fue otra vez a buscar algunas de las porquerías que el mundo deshecha para utilizarlas en sus obras. La mañana se tiende sobre Buenos Aires azulada y limpia. Me levanté con una jaqueca que ni te cuento. Los parietales me laten como dos corazones enormes. Creo que en cuestión de minutos mis sesos volarán por todos lados, grises, viscosos, asquerosos. Revuelvo el café, pero no puedo levantar taza. Me llevo las manos a la cabeza y me meneo de lado a lado. Abro los ojos. La luz... la luz... centellea en mi mente y su brillantez me enceguece. Creo ver al desvencijado de anteojos anotando algo en una libretita negra. Desaparece. La imagen lo hace. Bebo un sorbo. El café calienta mis entrañas, mi mente es un fuego inapagable. Raro, mi mente, en esa hoguera que la consume, parece crear ventanitas azuladas. Ventanitas que de alguna forma intentan mostrarme algo más allá del dolor. Veo o creo hacerlo colores de todo tipo. Rojos y verdes, brillantes, nítidos como nunca. Veo mariposas verdes desplegar sus alas inmensas cruzadas con rayas amarillas. Levantan vuelo. Van y vienen, nunca desaparecen. Por allá, sobre una hoja enorme hay una langosta gruesa, blancuzca, inerte. ¿Qué mundo intenta mostrarme mi mente? Quiero meterme en esa apertura, pero el fuego me consume como en su momento consumió a los herejes. ¿Puede mi mente producir su propia inquisición? ¿Será el tipo de anteojos un clérigo español? Las llamas se elevan, lamen mis sesos, me consumen sin culpa alguna. Quiero salir. La ventana... la ventana... se hace cada vez más pequeña. Las mariposas se van y ya no vuelven. La langosta me mira y sin dudar pega un salto y se confunde con todo. Lágrimas. Me caen lágrimas de dolor. Aprieto los ojos tanto que ya no creo tenerlos. Pero veo a alguien en el fuego. Sí, lo veo. Es un hombre. Puedo deducir que lleva anteojos por la extensión algo cuadrada de su rostro. Escribe algo, el anteojudo lo hace. ¿En el fuego escribe? ¿Será algún tipo de demonio? ¿Será por él que mi mente se ejecuta a sí misma? Mi cabeza cae. Un ruido enorme me sacude. Siento algo tibio en mis rodillas desnudas.

—¡Julio!

No puedo levantar la cabeza.

—¡Julio!

—¿Eh?

—¿Por qué, Julio, por qué?

—El dolor... el fuego... el demonio con anteojos...

Una mano blanca como un copo de nieve me levanta la cabeza. La recuesta contra el respaldo de la silla. Toma un trapo mojado y me limpia la frente.

—No... no tengo fiebre...

—Pero tenés un corte de la puta madre, Julio.

—¿Cómo?

—No... no sé. Pero escuché un golpazo y me vine corriendo. Te encontré en un charco de sangre. ¿Te querés matar vos?

—No, ¿por qué apurar la muerte?

—¿Entonces por qué le diste un cabezazo a la mesa?

—No... el dolor... la cabeza se me puso pesadísima... y yo... no sé... me caí...

—Ahora vengo, Julio.

—Jezabel... no, no te vayas... —Otra vez el fuego. Otra vez el anteojudo en las llamas. Esta vez no hay ventanas. Solo un dolor inmenso.

Grito. Lloro. No puedo. ¡Paf! La cabeza rebota en la mesa.

Una mano pálida la recoge, la recuesta en la silla nuevamente. Tiemblo.

—¡Otra vez! No seas idiota, che.

Río.

Ella, la mano de Jezabel, toma un algodón. Recorre mi frente. Siento un pinchazo. Algo se duerme en mi cabeza. Las llamas ya no son llamas solo cenizas. Toma una aguja arqueada. Algo cuelga de ella. Siento perforaciones en la frente. Río.

—¿Tomaste algo vos?

—Tomé vida, mi vida... —Río.

—Ocho, Julio.

—¿Eh?

—Ocho puntos.

—¿Me suturaste?

—También tenías la frente abierta de cuajo.

—¿Vos sabés suturar?

—Sé tantas cosas...

La miro, la estudio, mi cabeza va de izquierda a derecha porque los ojos no los controlo.

—¿Quién sos realmente, Jezabel?

—Lo que ves.

—Veo tanto.

—En tu estado no me sorprende.

—Sos rara, linda. Tenés una carita hermosa cruzada por penas insoportables. Tus ojos son tan negros como impenetrables, pero tu mirada... tu mirada, chiquita, tiene tantas lágrimas en su historia, tantas desventuras, tantos golpes... ¿Cómo aguantás? Y tus labios, llenos, redondos, rosados como la rosa más limpia dan la impresión de redondear quejidos insoportables, llantos imparables, puteadas que hieren más al que las profiere que al que las recibe. Yo no veo sonrisas en tus labios.

Jezabel esconde su rostro.

—Mirame que el anteojudo ya no está...

—¿Qué?

—No importa. Mirame. Estás llena de moretones. Todas las veces que te veo temprano a la mañana tenés moretones por todos lados, sobre todo en los hombros. El vestido sesgado. El pelo revuelto. El rímel corrido. Sos un ser que no puede esconder su dolor, Jezabel. ¿Quién te hizo esto?

—No importa.

—¿Cómo que no importa? Algún hijo de puta.

—Hay tantos...

—¿Estás metida con algún sádico hijo de puta?

—¿Acaso no lo estamos todos? ¿a vos quién te reventó la cabeza?

—No... no sé. Creo que fui yo.

—¿Sos sádico entonces?

—En todo caso sería masoquista.

—Diferentes caras de la misma moneda.

Callo. La observo. Está golpeada en los hombros y en el rostro. El vestido o lo que queda de él es tremendamente erótico. Hay algo morboso que baja hacia mi bragueta. No me puedo controlar. Una mujer golpeada y a medio vestir debería darme pena sin embargo me excita. Sus hombros desnudos y su pelo revuelto; sus ojos apagados y tristes; su maquillaje corrido y sus piernas blancas.

—Dejá de mirarme así que ya tuve demasiado.

Mis ojos caen. Siento vergüenza.

—En el fondo todos chapuceamos en el mismo barro. ¡Si la suciedad es lo que le da color a la vida! Julio vos no sos diferente a nadie. En realidad, nadie lo es.

—Cuan—cuan—cuando te miro en días como este me pierdo en algo negro, negrísimo, Jezabel. No... no... bah, siento esta lujuria y esta libido que llena cada célula de mi ser. Me convierto en una bestia. El hombre es un permanente signo de interrogación, Jezabel.

Se lleva la mano al cuello. Jezabel lo hace. Respira agitada. Se muerde el labio inferior. En ella también hay deseo. ¿Qué nos mantiene alejados si en el interior somos dos salvajes que se desean como el moribundo de sed desea una gota de agua? Jezabel acaricia mi rostro.

Hay temor en su mirada. Sus ojos pestañean demasiado. Tal vez haya confusión...

—Es una mala idea, Julio.

—¿Reprimir todo es una buena idea entonces?

—Hay consecuencias en todo lo que hacemos...

—Para mí no hay nada a no ser que vos y Antonio...

Su rostro se desdibuja.

—Ah, entonces no hay más nada que decir. Yo no sabía que vos y el loco... Entonces ¿es él el que te muele a palos?

—Nada es tan simple, Julio.

Me llevo las manos al rostro. Me hundo en ellas.

—El mundo me muele a palos.

—Antonio es sólo uno.

—Escuchá bien, Julio, el mundo me muele a palos.

Se acerca. Sus labios rozan los míos. Su respiración cae sobre mis labios como el rocío sobre el pasto, deseado, bienvenido, alentador. Mis labios tiemblan. Me mira fijamente. Sus ojos oscuros son inacabables. Son cavernas que me engullen en profundidades remotas. Me parece ver el dolor del mundo en ellos. Hasta el mío. Me besa o me besan porque sus labios son o no son ella. ¿Cómo saber si todo su ser está en ellos? Un beso puede ser un toque entre labios y lenguas y nada más o puede ser la unión de dos almas en un puente. Nada me es claro en este momento. Detrás de su rostro me parece ver al anteojudo y a la mina de delantal blanco del otro día. Toman notas. ¿Pero cómo los veo si mis ojos están cerrados? La lengua de Jezabel es ágil, húmeda, cálida y suave. Mi cuerpo todo es un fuego, pero no el fuego de la inquisición. Este es el fuego del deseo absoluto. El que nos libera y no depende de la mente y todos sus prejuicios. ¡Ah, si el ser humano fuera libre! Se aleja o sus labios se alejan. Me mira entre las pestañas de sus ojos entrecerrados. La deseo más que nunca. A ella, a la mujer deseo. Me estremezco. Mis brazos buscan sus hombros llenos de moretones. La tomo con fuerza. Tanta que Jezabel suelta un quejido. Mis dedos la atenazan.

—Me estás lastimando, Julio.

La suelto espantado. Mis dedos quedan marcados en su piel.

Una lágrima rueda sobre su mejilla derecha.

—Ya ves... el mundo me muele a palos.

—Pe-perdón.

—Ya te había perdonado.

Se levanta.

—Los puntos los dejamos siete días.

Me besa la frente. Me deja. A la distancia

su persona me parece la de un mártir, desahu-
ciada por un mundo que no comprende su
amor. El amor todo lo puede. El amor todo lo
perdona... no será ella... no, no puede serlo...
aunque quizá... uno nunca sabe.

10

Se me parte la cabeza. Es insoportable, la presión en mi mate lo es. Una fuerza descomunal intenta reventarme el cráneo. Tengo los ojos rojo sangre. En los últimos diez minutos me molí la testa más de una vez. Estoy solo. Creo estar en el altillo, pero en mi estado no puedo, tampoco me interesa, distinguir nada. Alguien ronca a mi lado.

Recuerdo, borrosamente, que alguna vez me sentí igual. Recuerdo gritos, sillas por los aires, vajillas destrozadas, y un inaguantable dolor de cabeza. Recuerdo dolor, moretones, manchas moradas, algo así como un volcán en erupción. Mi hermana, recuerdo a mi hermana, aunque ya no la veo. Pero no sé si fue real, cómo saberlo, mi memoria es frágil, aunque algo me hable de un daño irreparable. En fin.

No sé qué día es. Sólo veo oscuridad. Intenté leer a Artaud y toda esa historia de loqueros y sufrimiento, aunque el mío, al menos hoy, es insuperable. Jezabel no se ve por ningún lado ¡y cómo me gusta verla! Qué grande es la esperanza en su rostro. El muerto quizá sea el que emite los ronquidos a mi lado—¿puede roncar un muerto?

Antonio pintó hasta entrada la mañana y luego desapareció con un montón de lienzos enrollados bajo el brazo y un cigarrillo apagado en sus labios. Me echó una ojeada como quien ojea una revista y me dijo o le dijo al aire: «Cortatelá mierda, ¡Quién puede vivir en ese infierno!» y se fue como siempre, riéndose de todo y todos.

Lo puteé, no me quedó otra. La testa, mierda, se me parte la testa. Me acuesto. Alguien ronca. Pero si lo escuché antes. Alguien ronca. Ya sé, ya sé. Mi mente es algo ruidoso que me desespera. Hoy dos más dos son cinco y quizá mañana sean siete. Esos malditos puñales se clavan en mi cerebro, lo retuercen una y otra vez hasta que mis ojos se dan vuelta completamente como si alguien estuviera haciéndome magia negra o vudú. Parpadeo, lo hago constantemente. Respiro agitado. Apenas levanto el pecho, me pesa toneladas, como si tuviera un elefante sentado encima. Algo tibio me recorre las mejillas. Lágrimas. Flashes, flashes de todo tipo y forma, plateados, dorados, púrpuras cuando cierro demencialmente los ojos. ¡Artaud cuánto sufriste! Vos que querías ser libre y nunca te dejaron. Te ataron a este mundo. Ataron tu tripa a la vida y te dejaron a cielo abierto mientras te pudrías por dentro. Este cuartucho o altillo hoy es mi prisión. Quiero volar, dejar mi mente. Dejarla atrás por lo menos uno días. Quiero existir sin entender. La razón me achata. Me encadena. Me asfixia. Quiero ser y nada más. Ah, la testa. ¡La puta madre que te parió! Vincent, al menos vos tenías tus lirios y tus cielos ¿yo que tengo? Me recojo contra la pared y escondo el rostro entre mis rodillas. Alguien ronca o sigue roncando o empezó a roncar hace instantes o tal vez nadie lo haga y esos sonidos no sean más que un producto de mi dolor injustificable. Siento frío. Debe ser la soledad de un alma encadenada a la tortura mental. Me quejo con sonidos mono-cordes y bajos. A veces río, otras lloro. ¿Estaré vestido? Mis manos recorren mi cuerpo y solo reconocen vello y piel.

¿Jezabel, mi ángel, dónde te metiste? Extraño tu rímel corrido y tus ropas desgarra-das. Extraño tu llanto y hasta tus orgasmos con el loco de Antonio. Jezabel, vos sabés tanto...

Conocés tantas cosas... te envidio, mi ángel, yo, yo en cambio voy de acá para allá y de allá para acá. No soy más que una pelusita que el viento sacude para todos lados. Soy y no soy. Porque si bien existo no controlo cómo existo. A veces, en los flashes, esos golpes dorados, plateados y púrpuras que explotan sin aviso, mi mente ve algo. Creo ver las antípodas de mi mente, algo así como lo que describió Huxley, una tierra familiar pero olvidada, hermosa y terrorífica a la vez. Allá en el punto equidistante de mi razón habita mi otro yo. Ese que casi nadie conoce a no ser a través de una ventanita cuando soñamos. Atisbos, sólo atisbos, neblinas de contornos espesos. Sólo eso, Jezabel. Y cuando al final diviso algo en esa tierra desconocida un calor insoportable llena mis venas y mi cabeza explota y el dolor empieza hasta que me deja tarado y postrado contra una pared. Jadeando como un reo luego de una golpiza. ¿Jezabel no serás vos la dueña déspota de esta mazmorra? Y Antonio quizá sea el primer verdugo de cara descubierta en la historia de la humanidad. Y quizás el muerto esté muerto y no sea siempre el mismo.

Allá, allá en la esquina veo ropas en el suelo. Gateo. Las tomó. Son tuyas, Jezabel, esta blusa y ese corpiño son tuyos. Tienen tu esencia. Me llevo las prendas al rostro. Las huelo, las beso, las... Esa imagen, sí esa que aparece de repente es la mujer, sí, esa mujer que toma notas... la veo. Sacude la cabeza, se acomoda las gafas, sigue anotando. Quiero hablarle, pero seguramente no es real. Solo tus ropas lo son, Jezabel. Esta blusa, desgarrada completamente, con sietes por todos lados, porta toda la exuberancia de tu sexualidad.

Alguien ronca. ¿Dónde, dónde ronca? Busco, pero no veo. Nunca veo hasta que es muy tarde. El dolor me vence. Me acuesto. Quiero volar. Mis párpados caen.

Azul. Un azul puro se desparrama a mi alrededor. En el fondo un mar de estalactitas heladas punza ese azul con sus puntas plateadas. Veo, allá abajo veo todo tipo de topografía y paisajes. Montañas, valles, mesetas, planicies, sabanas, tundras, desiertos. Todo se extiende por todos lados. No hay principio ni fin. Vuelo... vuelo como siempre quise hacerlo. No quiero entender nada. Héctor y Aquiles se baten a muerte en las manos de Homero. Hombres y bestias cargan contra un grupito insignificante en las Termópilas. Más allá un coliseo colmado decapita infelices por doquier. Y esa crucifixión detiene la vida de toda una región. En el culo del mundo nadie sabe nada de nada y siguen con sus sacrificios y conquistas. La puerta del Sol llega a Tiahuanaco. En Asia el mundo avanza;

en Europa se autodestruye. Goya y sus horrores de la guerra. Van Gogh y Gauguin y todos esos locos. Yo vuelo, no necesito saber el porqué de nada. Solo quiero ver. Ver a Modigliani y no a Picasso. Ahora las cámaras de gas reemplazan al gas mostaza. Y Quinquela le da a la brocha en el puerto de un país olvidado. Vuelo... sí vuelo, pero ahora todo empieza a borronearse y otra vez esos molestos ronquidos. Abro los ojos. Nada. No reconozco nada. Una figura a mi derecha toma notas. Sudo profusamente aun sintiéndome helado. Otra vez recorro mi cuerpo. Las yemas de mis dedos solo sienten vello y piel. ¿Cómo puedo estar desnudo? En mi mano tengo algo. Una blusa y un corpiño... ¿pero de quién? Los huelo, ah, sí, Jezabel mi querida serpiente. El dolor que me aquejaba se va disipando. De a poco veo contornos y formas definitivas. El agua cae ininterrumpidamente sobre mi humanidad. Helada, el agua lo es. Giro. Abro el agua caliente. Me reconforta, el agua lo hace. Me lavo la cara. ¿Cómo llegué acá? El calor me envuelve y me siento protegido. Una mano corre la cortina.

—¿Estás mejor?

Mi rostro permanece impávido.

—Te encontré acurrucado contra la pared en el estudio de Antonio estabas desnudo y todo mojado. Tiritabas como un loco.

—¿Cómo?

—Te digo lo que vi. Te cargué hasta el baño y te metí en la ducha. —Jezabel toca el agua—. Ahora está caliente. Siempre tarda un poco. Cuando estés listo bajá que te hago un té.

—No... no te vayas.

Se detiene, sus ojos sufren por algo.

—Esto es tuyo. —le doy una blusa y un corpiño, ambos empapados.

—Gracias, Julio.

—Pero ¿cómo llegaron a mis manos?

—Shhh... Quedate un tiempo en la ducha. Ya sufriste demasiado.

Me llevo las manos a la cabeza. Me quiebro.

—Llorá, Julio, llorá que el llanto redime.

11

Los últimos días han sido terribles. Varias jaquecas me llevaron al límite. Me empujaron hasta ahí, donde todo se desploma y el sostén no es más que la ilusión de algún inocente. Hoy por primera vez en varios días mi mente está despejada. La siento diáfana como un cielo del otoño temprano. Puedo recorrerla sin niebla alguna. Los recuerdos se encuentran en el estante correspondiente como así los sueños, entonces el presente es un enorme estante vacío que espera lo que el día depare.

La calle me recibe ancha y llena de posibilidades y la sonrisa de Antonio no me molesta ni me parece cínica. Es más, el tipo me parece un monumento a la esperanza.

Camina, Antonio lo hace, con un par de

ladrillos al hombro. Silba bajito, de vez en cuando me guiña el ojo y sonríe. Buenos Aires hoy nos sienta bien. Es fácil la vida cuando no hay niebla alguna en mi mente.

—Estos ladrillos son lo que necesitaba, Julián.

—Vas a hacer una parrilla o algo.

Antonio se mata de risa.

—¡Qué boludo, che! ¿Y desde cuándo yo te doy la impresión de ser albañil?

—¿Vas a usar los ladrillos en alguna de tus obras?

—Ladrillos, polvo de mármol, cuarzo, sal, y otras cosas.

Cruzamos Paseo Colón, Antonio se detiene y recoge una latita de gaseosa.

—Todo sirve, ¿eh?

—Nada sobra. Me gusta más decirlo de esa manera. Nada sobra. Ni los negros del Africa, Julián.

—Es la primera vez que te despachás con algo de tinte político.

—Todo lo que digo tiene tinte político, Julián.

—¿Inclusive cuando hablás de Claudita?

—Sí. Pero ahí no se trata sólo de política sino de inclusión.

Desandamos Buenos Aires como quien pela una naranja, caminamos una cuadra, sin pensar tomamos otra y luego otra. Distintas capas de

Buenos Aires caen a nuestros pies revelando un tesoro acá, otro allá. Son como gajos debajo de la cáscara de la naranja, brillantes, dulces, tentadores. En la cuadra anterior dejamos atrás un linyera con su barba sucia y su sobaco inmundo. Dejamos atrás su humanidad, frágil como un hilo de coser. Capaz de quebrarse por falta de billetes que le consigan un techo. Un techo, nada más, es lo que separa a una persona digna de un desahuciado. Dejamos atrás al hombre luego de que Antonio le diera un abrazo enorme y le regalara un paquete de cigarrillos y un encendedor.

—¿No te parece que era mejor darle unos pesos?

—¿A quién? —El pucho cuelga de sus labios.

—Al linyera.

—¿Plata?

—Sí.

—¿Y por qué crees que era mejor darle unos mangos?

—Y... está en la calle. No tiene nada... me parece que lo mejor eran unos mangos.

Antonio me palmea la espalda.

—Ah, si todo fuera tan simple, Julián...

—Pero el dinero—

Antonio frena.

—¿Julián, alguna vez pensaste que tal vez lo peor que le podés dar a un hombre necesitado es justamente dinero? —Pita el pucho—. Un cigarrillo, un caramelo, un pedazo de pan es muchísimo más para el que lo recibe. Un cigarrillo es un símbolo entre los hombres. Es el convidar, no el dar el secreto. Cuando uno ofrece caridad justifica a la pobreza. No hace nada para incluir al que recibe. Se le da y listo. Luego el donante desaparece en su mundo de afluencia con el sentimiento del deber cumplido. Pero el pobre infeliz que recibió se quedó solo con unos mangos y su soledad inmensa. La soledad te golpea más cuando tenés algo, como en este caso unos pesos, pero no tenés a nadie con quien sentarte y compartir algo. Yo en cambio me senté y fumé con... con...

—Pedro...

—Ah, sí, Pedro. ¡Cómo charlamos! y si vos te fijaste bien al final los dos lagrimeamos. Yo porque comparto su sufrimiento, pero soy muy humano como para realmente ayudarlo y él, bueno, él porque por un segundo se alejó de la isla que habita. Tejimos un puente, Julián, ¿no entendés? Los dos incluimos al otro en nuestro mundo. Fue un momento humano.

Lo miro y miro hacia atrás. Antonio es una caja de sorpresas.

—Acompañame, Antonio.

Sonríe. Retrotraemos nuestros pasos. Pedro, a la distancia, nos mira con su mirada brillosa y su boca reseca. Me detengo en una casa de empanadas. Pido una docena de cebolla y queso. En un kiosco compro cerveza.

Nos sentamos los tres en la vereda en una mesa improvisada con dos hojas de diario como mantel. Comemos y bebemos. Pero mientras observo, entiendo, si es que el hombre puede realmente entender algo, que esta unión de tres desconocidos es una comunión en la que cada uno de nosotros afirma su humanidad. No hablamos —¿para qué— sólo nos miramos a los ojos y sonreímos como solía hacerlo de chico cuando después de un picado nos quedábamos tomando gaseosas en el kiosco de Oscar. La botella pasa de labios a labios y no me importa si el linyera apesta o mis dientes están pulidos. Todo eso me parece superficial. Lo único que interesa es la aventura humana. Toco al linyera. Toco su ropa grasosa, roñosa, toda deshilachada. Me conmueve. Carga su pobreza como un reino. Lo quiero, al tipo quiero, y creo entender uno de los misterios que nos empeñamos en remover de nuestra existencia. El linyera me toca y sonríe con su boca llena de huecos. Antonio está descalzo y en minutos en cuero. Sin mediar palabra alguna nos levantamos y dejamos al linyera. A la distancia su sonrisa no tiene más huecos, al contrario, es ancha y hermosa.

Antonio camina en cuero y descalzo, callado, ladrillos al hombro. Fuma, siempre fuma y ahora entiendo el porqué.

—La calle está dura, ¿eh? —digo sonriente.

—No, Julián, no. La calle es un templo, viejo, un templo y pensar que la gente va a la iglesia a ver a un tipo semidesnudo y crucificado cuando crucificamos a tantos diariamente. Puta, che, estos ladrillos son pesados.

—Dejame ayudarte.

—¡No! Si decís otra vez lo mismo no te traigo nunca más. Si vos cargás los ladrillos yo... yo... ya no merezco incluirlos en mi obra.

—Cabeza dura...

—Convicción, lo llamaría yo.

Pasamos por un café y nos sentamos a una mesa en la vereda.

—Perdón, pero... cómo explicarle, señor... mire sin chomba o remera no lo puedo atender... voy a tener que pedirle por favor que se retire del establecimiento.

Antonio lo mira de mal modo, respira hondo, sus labios se tensan. Estrella el puño en la mesa, un par de servilletas vuelan por el aire.

—Por favor no me haga una escena...

—Antonio tomá, ponete mi sweater.

Se lo pone al revés y ríe como un chico.

—¿Y ahora?

—Muy bien señor. —El mozo nos mira de

158

mal modo. Trae dos balones y Antonio le clava los ojos y su sonrisa cínica. Yo... yo no puedo más que reír también.

—Ves, Julián, al final el mundo es sólo apariencias. Si yo vengo empilchado como Dios manda el imbécil este me atiende bárbaro, pero como tuve la pésima idea de regalarle algo de ropa a, a-

—Pedro.

—Ah, sí, sí, Pedro. Bueno, ya ves todo el mundo cree que soy un desahuciado. Nadie sabe nada del pasado de una persona en la primera mirada. Somos como una fotografía instantánea. Lo que ven es lo que somos. No tenemos pasado alguno. Vos pensá, por ejemplo, que bien pude haber sido asaltado minutos antes o tal vez tuve una urgencia y salí como loco de casa a medio vestir o ¿por qué no? vos sos un pariente mío y hoy me sacaste del loquero a pasear y como soy violento no te atreviste a vestirme por la fuerza. Claro que a vos esas estupideces no te importan porque valoras más el tiempo que me ves que mis ropas. ¿Entendés? A lo que voy es que todo el mundo asume, juzga y sentencia con una simple mirada. El presente siempre es más cruel que el pasado o el futuro. El presente es omnipotente, juzga y condena. Por eso lo que salva al hombre es su pasado y su esperanza. Sólo aquellos que

poseen esas dos llaves pueden vivir un presente equilibrado. Mi Dios, el problema no es
recordar o soñar, sino la ausencia de esos dos
prestidigitadores. ¡Salud! —Antonio me guiña
el ojo y bebe.

—¡Salud!

A veces, o quizá siempre, me gustaría ser
Antonio.

12

Antonio y Jezabel salieron juntos a eso del mediodía. No me dijeron, tampoco deben hacerlo, a donde iban o si volverían tarde y todas esas cosas que nos gusta escuchar para escapar nuestra soledad. Abrieron la puerta, se despidieron y desparecieron en las calles porteñas. Abel debe estar enterrado o cremado o de viaje, si vive por supuesto, pero como lo llaman el muerto, en fin...

El estudio de Antonio emite una luz pálida que se escapa por entre la puerta entornada. Nunca pude escaparle a la curiosidad y si alguna vez me contengo es porque la timidez es más fuerte que mi deseo. Pero esa luz me invita a subir la escalera y perderme en ese mundo que no entiendo, pero me atrae. Entonces subo. Tomo la baranda y dejo escalones atrás con pasos decididos. Un eco sucio retumba en las paredes. Al llegar empujo el picaporte suavemente. La puerta se abre. La luz me baña. Por todos lados hay atriles cubiertos con lonas azules y blancas; bastidores quebrados por la furia de un loco; pinceles y pomos desparramados por todo el suelo. Allá a la derecha contra la puerta hay un lienzo a medio hacer. No le presto importancia. Me siento atraído hacia un atril con un objeto rectangular cubierto por una lona azul. Tomo la lona. Necesito ver. Tengo urgencia de hacerlo. De un tirón descubro el lienzo. Mi mano derecha me cubre la boca instintivamente. Mi rostro tiembla, mis ojos parpadean, me muerdo los labios. Toco el lienzo y me estremezco. Pero este hijo de puta está muy mal psíquicamente. ¿Qué es esto? Tomo distancia, el arte se observa mejor al alejarse, al menos eso creo. ¿Pero cómo alejarme de semejante obra? La tela toma vida y unos tentáculos enormes me sofocan, me empujan hacia la obra. Me arrodillo. Mis mejillas se humedecen. Mis brazos intentan abrazarme. Tiemblo. Tartamudeo algo que no entiendo. Mi mano recorre el lienzo nuevamente. La textura es grotesca. Ese ojo... ese ojo enorme en el medio del lienzo. Ese ojo negro punzado con lo que parece ser un alfiler doblado en forma de "s". El rostro desencajado que mira con lo que ya no puede mirar. Esas cejas, esa boca, ese ojo punzado, ensangrentado. Yo conozco todo eso. La sangre viscosa como la baba de una oruga, rueda por el cachete del rostro. No sé si es el derecho o el izquierdo. No me importa. El dolor es demasiado grande para perder el tiempo en detalles. Me inclino hacia la obra. La sangre toma diferentes formas, como de objetos o símbolos. Veo una silla, una soga, un rostro sonriente. ¿Qué quiere mostrar al mundo ese ojo reventado? ¿Acaso no usamos los ojos para mirar o buscar o descubrir algo? Nunca los utilizamos para revelar lo que llevamos dentro. Quizá nuestros ojos nos delaten sin darnos cuenta. El rostro de la obra es pálido como el mármol, los labios son azulados, el cabello negro y desarreglado. El ojo punzado es negro, negrísimo y lleno de dolor. El fondo es un mundo de hojas de plátanos y palmeras, todas de colores brillantes como los de Van Gogh. Entre la vegetación hay objetos de todo tipo, pistolas, espadas, mazas, sogas, sillas, enchufes, granadas, bombas, cocinas, etc. Nada tiene sentido y en conjunto todo tiene el sentido del dolor inaguantable de un ojo que ya no quiere ser tal, quizá cansado de ver tanto y entender tan poco. Noto una lágrima. Entre tanta sangre hay una lágrima, transparente como el agua de un manantial. ¿Representará la pureza del que puede sentir dolor? Extraño, pero la lágrima me embarga con un sentimiento esperanzador. No veo tristeza en ella. Entiendo, ahora entiendo, la lágrima es el símbolo de la esperanza que se escapa. ¿A dónde va, la esperanza, a dónde va? ¿Irá tal vez al alma del que observa la obra?

Me siento. Noto una lágrima en mi rostro, ¿es la del cuadro?

Mis párpados caen. Mis ojos están helados. Escucho una voz. Allá, a lo lejos.

—Agarrá el pañuelo y secate.

—¿Quién... mi mente, mi conciencia, mi alma, quién?

—No importa quién. Solo necesito algunas respuestas.

Veo un rostro con gafas.

—¿Cuánto es treinta y dos más nueve?

—Cuarenta y dos.

—¿Seguro, Julio?

—Sí.

—¿Cuántos días tiene un año?

—360.

—¿Seguro?

—Sí.

—¿Dos más dos?

—Cinco.

—Pero Julio a ver, fijate en mi mano ¿qué

ves?

—Dos dedos.

—Muy bien. Entonces si agrego dos dedos más vos sabes que dos más dos es cuatro, ¿verdad?

—Sí...

—Bueno, entonces dos dedos más dos dedos es...

—Cinco. Cinco dedos y se acabó.

—¿Cuántas unidades hay en una docena, Julio?

—Doce.

—Ajá, entonces ¿cuántas ciruelas hay en una docena?

—Once.

El anteojudo susurra unas palabras en lo que parece ser un micrófono. Mis ojos permanecen cerrados y sin embargo veo.

—Después de agosto viene...

—Septiembre.

—Hoy es...

—El dos de agosto.

—En un mes será...

—El dos de noviembre.

—Pero a agosto le sigue septiembre...

—Sí claro.

—Entonces...

—En un mes será noviembre.

El anteojudo me observa, sus ojos son

gélidos, su mirada lejana. Siento una fuerza que no puedo controlar. Quiero punzarle el ojo. Busco algo desenfrenadamente.

—Tranquilo, Julio. No hay nada a tu alrededor.

Transpiro. Esa obra de Antonio me hipnotiza. Este altillo parece ser un refugio de fantasmas. El tipo este salió de ese ojo y no me lo puedo sacar de encima. Lo siento en mi rostro. Me molesta, algo me molesta en la cara. Me rasco, me araño.

—Julio, si no te controlás no seguimos más.

Mis uñas se llenan de sangre.

—Pará te digo.

No quiero ser poseído. ¿Quién habla en mi interior? y esas preguntas molestas y sin sentido, ¿para qué?

Me levanto. Miro la obra. Ya no hay nadie. Solo un ojo punzado y una lágrima. El anteojudo fue algo irreal. Algo así como una nube mental. Pero tengo sangre en la camisa. ¿De dónde viene? Un espejo, sí. Corro al baño. Me miro. El espanto. ¿Mi Dios qué hice? ¿Y este alfiler clavado debajo del ojo de dónde vino? Me lo saco. Casi me convierto en la pintura. Antonio es un brujo. Me limpio la herida con un algodón empapado en agua oxigenada. Me arde, la herida me arde.

Me coloco dos curitas y me largo a la calle.

El sol me enceguece como si hubiera dejado atrás una caverna. Algo se esconde detrás de ese árbol frondoso en la vereda de enfrente. Es la mujer de rasgos finos. Anota algo. Siempre la veo, pero nunca la tengo al alcance para preguntarle quién es. Cruzo la calle; ella ya no está. Sólo queda el árbol. Nada más. Buenos Aires y uno de sus miles de árboles. Me llevo la mano a la frente. Paro un taxi. Me deja en parque Chacabuco. Golpeo un portón verde de hierro.

—¿Ahora viene?

—¿Pe-perdón?

—Lo esperaba la semana pasada.

—Bueno, vine hoy.

El gordo de chomba marrón frunce el ceño. El cigarrillo se consume entre sus labios arrugados y secos.

—Pase. La oficina está al fondo a la izquierda.

Caminamos en silencio sobre el pedregullo. Los malvones están medio secos. La casa en sí está descuidada con paredes descascaradas y arreglos a medio hacer como ese desagüe que espera una rejilla antes de que alguien se caiga.

—Por acá por favor. —El gordo abre una puerta de dos hojas que da lugar a un cuarto grisáceo, oscuro, espartano. Solo una mesa y dos sillas austeras. Al fondo una mesita con un teléfono blanco y una lámpara de pie sin prender contra la estufa.

—Mire que estamos atrasados.

—Sí... sí...

Nos sentamos. El gordo me mira, cruza los brazos. Espera algo.

—¿Y?

—¿Un vaso de agua puede ser?

El gordo refunfuña y me trae el agua. Tomo el vaso de un trago.

—Día caluroso, ¿eh?

—Sí... sí...

—Bueno, como le dije lo esperábamos la semana pasada.

—Pero vine hoy.

—Ya sé hombre. Ya lo veo.

Sonrío.

—Entonces...

—Vine hoy.

El gordo enciende un pucho. Estamos atrasados, Julio. Dígame ¿trajo los resultados?

—Los resultados. Sí claro, los resultados... ¿qué resultados?

—¿Usted se encuentra bien?

—Creo estarlo.

—Bueno entonces déjese de pavadas y presénteme los resultados de lo que hablamos.

—Hablamos... sí claro, hablamos... ¿de qué hablamos?

El puñetazo del gordo a la mesa me sobresalta.

—¿Usted es o se hace?

—No... no... yo soy... no como el anteojudo que me vuelve loco con sus preguntas estúpidas y todas esas—

—¿De quién carajo habla?

—No... no sé...

El gordo me mira. Toma mi mentón. Estudia mis ojos.

—Tendría que haberlo sabido. ¿En qué anda, paco, anfetaminas, coca, en qué?

Encojo los hombros.

—Tiene las pupilas completamente dilatadas, las mejillas lastimadas, como arañadas. ¿En qué anda?

—No, lo que pasa es que el alfiler y esas cosas. Pero vine hoy.

El gordo sepulta el rostro en sus manos.

—Sí, vino hoy y no vuelve nunca más. Vayasé de una vez.

—Pero vine hoy.

El gordo me agarra del cuello de la camisa y me lleva en el aire hasta el portón.

—Te vas a la puta madre que te parió, Julio. En este barrio no trabajás más.

—¿Trabajo acá?

—Viniste recomendado infeliz. Y ahora tengo que sacar un balance de la galera para mañana.

—Pero vine hoy...

—Y hoy te vas.

—Aún no me pagó.

—No tenés vergüenza.

—Pero yo vine a prestarle un servicio, señor... señor...

—Te esperaba la semana pasada con el trabajo finalizado.

—Pero vine hoy, señor...

El gordo cierra el portón de hierro verde con tanta violencia que algunos vecinos asoman el pescuezo para ver la razón de tanto despelote.

Qué gente mal educada, pienso. Hice el viaje al pedo. Sin mediar excusa alguna me deja colgado. Este tipo me había prometido un laburo. ¿Cómo puede ser? Y eso que vine todo lastimado. Y el tipo se enoja porque aparezco una semana más tarde cuando muchísima gente no aparece nunca. Necesito plata para el alquiler y esas yerbas. Los zapatos me lastiman. Me los saco y desando la vereda con los pies hinchados. No sabía que tenía medias rojas. La verdad se ven muy lindas. Otra vez, enfrente, veo al anteojudo y a la mujer de trazos finos. ¿Qué anotarán?

—¡Momento!

Conversan algo.

—Esperen...

Un bocinazo, un chillido, un golpe y vuelo por los aires.

Negrura. Ausencia completa de color. Negrura total. El negro es tan negro que puedo verlo. A lo lejos escucho rumores, ruidos, golpes de cacerolas o algo por el estilo. ¿Dónde me encuentro? Una bestia aúlla en algún lado. ¿Es este el mundo subterráneo de los griegos? Una voz me urge a caminar en línea recta. Extiendo los brazos, mis manos se pierden en el vacío. De a poco mis ojos se acostumbran a la oscuridad. A unos diez metros veo un tribunal o lo que parece ser un tribunal. Siete figuras vestidas de rojo con pelucas blancas me esperan con los dedos entrelazados. Alguien me arrima una silla de paja. Me siento. Un halo de luz me enceguece.

—¿El acusado se considera culpable o inocente?

—¿El acusado?

Un hombrecito llega corriendo. Es el anteojudo. Se sienta a mi lado. Me palmea el hombro.

—Pe—perdón por la demora.

—Muy bien. Comencemos, —dice un flaco escuálido en el centro del grupo con una chaqueta roja enorme, un cuello larguísimo y una peluca tan mal arreglada que me da la impresión de ser un cóndor—. Luego de estudiar la situación de Julio Von Artens cuidadosamente es nuestra recomendación que el acusado—

—¿Acusado?

—No interrumpas, Julio —me susurra al oído el anteojudo.

—Entonces, retomando, es nuestra recomendación enviar a Julio Von Artens a revivir la condena de Sísifo de inmediato.

El anteojudo se suena la nariz y sonríe, los mocos se le escapan por los agujeros del pañuelo.

—¿Puede Julio Von Artens realizar la tarea con sus medias rojas?

—Las medias rojas son inadmisibles. Pero el acusado puede pintarse los pies y tobillos de color rojo si así lo desea.

El anteojudo sonríe y con un chasquido de sus dedos aparecen dos hombrecitos vestidos como él, aunque más chiquititos, y comienzan a pintarme los pies con dos rodillos diminutos.

—La roca la encontrará el acusado al pie de la montaña.

—¿Redonda por supuesto?

El hombre cóndor se levanta molesto.

—No somos crueles. Será redonda. Recuerde Julio Von Artens que solo podrá descansar durante el descenso y que el pico de la montaña es tan, pero tan angosto que la roca no puede ser detenida. Queda usted, Julio Von Artens, condenado a revivir la tragedia griega hasta que decidamos lo contrario.

El anteojudo me da una palmada en el hombro y va al encuentro de los magistrados o lo que sean. Se felicitan. Sonríen. Dos hombrecitos aún más pequeños que los que me pintaron los pies me llevan a lo que supongo será el lugar donde cumpliré la condena. Dos diminutos guardias me trasladan con grilletes a mi celda. Volteo la vista y veo como el anteojudo y el hombre cóndor ríen e intercambian opiniones. Me voy. La negrura nuevamente. No veo. Sólo siento un esfuerzo infernal. Mis pulmones son un fuego. Mis piernas dos columnas inertes empotradas en los recovecos más distantes del mundo. Lloro. Ríen. En algún lado ríen. Creo ver constelaciones. Sí, diamantes inalcanzables y fríos. Como puedo me limpio y noto que no son más que lágrimas. ¿Habrá vuelto Antonio? Cómo extraño a Jezabel. La negrura me envuelve como la ceguera a la vista.

¿Y ahora qué?

¿Si cuando vemos no vemos, podrá ser que cuando no vemos, vemos?

¡Cómo me duelen las piernas!

13

Hay gente por todos lados. No sé quién organizó la fiesta, pero la música no para y los tragos, desde vinos tintos y blancos hasta vodka y ajenjo circulan por todos lados. Hay gente de todas las edades. Nadie me avisó nada. Así que no tengo la más mínima idea de que ocasión se trata y si de hecho es una ocasión para celebrar. Jezabel está preciosa con ese vestido de seda azul y su collar de perlas negras. Su sonrisa, infinitamente amplia, todo lo puede y sus dientes, blancos como el mármol contrastan fuertemente con el rojo sangre de sus labios, hoy más arqueados que de costumbre. Su silueta se pasea por todos lados con la gracia de un cisne. No puedo sacarle los ojos de encima aun cuando sus ojos no se han depositado en mí ni un segundo. El altillo está atestado de curiosos. Risas y vozarrones bajan por la baranda de la escalera. Aplausos, ahora escucho aplausos y vivas. Brindan. ¿En el altillo brindan desconocidos? ¡Pero si es mi cuarto! Quiero subir, algo me lo impide. Escucho a Antonio putear y enseguida explotar en una carcajada enorme. ¿Será una fiesta de Antonio o una fiesta para Antonio?

Busco a Jezabel. Allá, está allá, detrás del hombre de blanco. Está inclinada contra la pared, su cuello pálido, surcado de pinceladas azules, sus labios rojo intenso se aferran a la pajita del trago en su mano. Es algo demencial. Su belleza lo es. Mira para este lado; la saludo. Sus ojos se detienen; no me ve. No, mira más allá de mí. Soy insignificante. Para la belleza lo soy. Lo hermoso, lo realmente hermoso nunca me prestó atención. Un cincuentón mal vestido le susurra algo al oído, Jezabel asiente con la cabeza y los dos se pierden detrás de una puerta. Su espalda es lo último que veo. Me quedo en el rincón. Bebo, alguien en algún momento depositó un scotch en mi mano. Lo bebo. Me quema la garganta. Me reconforta. Mis ojos no dan abasto. La fiesta sigue a todo ritmo. Un tipo de apariencia insignificante, bajo, delgado, desgarbado se me arrima.

—¿Todo bien?

—Todo bien.

—¿Pintás también?

—¿Yo?

—Sí, sí.

—No.

—¿Haces beneficencia?

—No.

—¿Sos un taxi boy?

—¿Qué?

—No me tenés que contestar si no querés.

Lo miro irritado. Una puerta se abre, Jezabel sale arreglándose el escote. Detrás de ella el cincuentón se va hacia la izquierda acomodándose el cabello.

—¿Y quién te invitó?

—¿Tiene alguna importancia?

—No... no.

Miro al tipo. Está todo desarreglado. El cuello de la camisa blanca es una mugre. Su aliento apesta. Y ahora que lo miro bien está descalzo.

—Está difícil la calle, ¿no?

—¿Por?

—No por nada.

El tipo saca un cigarrillo. Lo enciende y me larga el humo en la cara.

—Vos tenés que ser un taxi boy.

—Te digo que no.

Sonríe. Apaga el pucho; enciende otro.

Tito Puente suena a más no poder con "Panchito, el che" y el lugar se convierte en una enorme pista de baile. El tipo me toma la mano y bailamos. Quiero negarme, algo me lleva a moverme.

Otra vez escucho algo desde el altillo y luego carcajadas y hasta aullidos.

Jezabel va y viene, su belleza permanece. Y cada vez permanece más. El tipo desgarbado danza como un espástico. Se mueve con espasmos, sin ritmo alguno. Suda profusamente. Su olor es asqueroso.

—Vos sos un taxi boy.

—Te digo que no.

—¿Entonces porqué bailás conmigo?

—No sé.

El tipo se me arrima y me acaricia. Quiero dar vuelta el rostro, no puedo. Apoyada en la pared, Jezabel por primera vez me mira. Sus labios se arquean y su lengua los recorre lentamente. Su mano se menea dentro y fuera del escote. Todo es muy raro.

Dejo al desgarbado solo, aunque ensaye una protesta desde lo lejos. Enfilo hacia la pared donde Jezabel se reclina con toda su belleza. Un gentío se amontona a mi alrededor. Sonríen. Todos sonríen. En todo este mundo de gente no hay una persona bien vestida y el tufo es insoportable.

—Julio, qué alegría.

—¿Qué es todo esto, Jezabel?

—Una celebración.

—¿Celebración de qué?

—De lo que se te ocurra. No seas tan trillado, Julio.

Me rasco la cabeza.

—A veces tenés que dejarte arrastrar por la corriente.

—¿A qué hora empezó todo esto?

—A la misma hora que vos lo empezaste a disfrutar.

—Pero no sé lo que es...

—Es una fiesta, idiota.

La miro. Jezabel me parece una extraña.

—¿Y el tipo ese?

—¿Qué tipo?

—No te hagas la tonta.

—No lo soy, Julio. Pero los tipos son muchos...

—Entonces vos...

—¿A qué querés llegar, Julio? Acaso me estás juzgando...

—Yo... yo no podría juzgar a nadie.

—Sin embargo, parece que lo estuvieras haciendo. ¿Por qué te cuesta tanto ver, Julio? ¿Qué máscara te pusiste o tu ceguera es tal que no ves nada?

Me tomo la cabeza. Esta casa. Este mundo

es algo muchísimo más grande de lo que yo me había imaginado. Tiene tantos submundos como la mente de Kafka.

—¿Antonio se va a quedar ahí toda la noche?

—¿Y a vos qué te importa?

—No lo que pasa...

—Si querés dormir te vas a tener que ir a un hotel. Acá hoy se celebra. Además, creo que Antonio invitó a Claudita a pasar la noche.

—¿Al travesti?

—Al ser humano, Julio, al ser humano.

—¿Y vos Jezabel?

—Yo la paso en cualquier lado. Hay tanta necesidad que no es problema alguno.

—¿Conmigo?

Me acaricia el rostro. Sus labios se depositan en los míos. Su lengua juega con la mía y se hace azúcar. Ella es toda dulzura. Me conmueve. Se separa. Deja su mano en mi mentón.

—Nunca hay que ser egoísta, Julio, nunca.

—¿Qué?

—Chau, lindo. Ernesto me espera.

Jezabel gira y se va. A los tres metros un tipo vestido en trapos, maloliente, de pelo seboso y obesidad grosera la toma de la mano. La otra mano la deposita en la nalga de esa mujer soñada. Jezabel menea el trasero y se pierde con el tipo entre el mundo de gente que danza y danza y danza. Yo estoy harto de la música.

De las sombras aparece el desgarbado, ahora en cuero. Me toma de la mano y me lleva al medio de lo que creo es una pista de baile. Jezabel es una memoria cercana y distante a la vez. Bailo sin entender; el desgarbado baila entendiéndolo todo y sin intención de explicar algo. Desde el altillo bajan ronquidos —¿ronquidos? ¿El muerto?— y gritos y carcajadas y puteadas. Claudita y Antonio deben ser el uno para el otro, pienso, cuando el desgarbado se me arrima y me susurra:

—¿Hace mucho que sos un taxi boy?

Lo puteo, pero el tarado ríe y baila como un poseído. Se sacude y transpira gotas grises que escurren su roña. Me rindo y bailo.

—Quizá siempre lo fui...

El idiota ríe y enciende un cigarrillo.

—¿Y cuánto cobrás?

Ya no escucho. Bailo y quiero que todo se acabe. Quiero ser Hölderlin en su torre. Nietzsche en su locura. Sísifo en su montaña. La soledad, la que vale realmente, es solo un anhelo inalcanzable. La otra, la soledad cotidiana, inclusive ahora la tengo al alcance de la mano.

14

He decidido seguir a Jezabel. Algo me empuja a hacerlo. Sé que no es la manera correcta de obrar, pero no me animo a meterme en su vida de frente. Además, no creo que ella me deje. Desde que la conocí siempre me dejó adentrarme en su mundo hasta donde lo consideró apropiado. Jezabel me da la sensación de ser una casona enorme con un jardín aún más grande, frondoso, lleno de esquinas oscuras y recovecos inalcanzables. Y ella, la mujer más primorosa que mis ojos hayan visto me invita solo al zaguán. Hermoso, por cierto, pero tristemente superficial. Debo adentrarme en su mundo. Debo hacerlo y lamentablemente no conozco otra forma de lograrlo que de manera furtiva. Debo buscar el factor sorpresa y emboscarla en algún punto de esa casona o jardín enorme cuando ella menos lo espere. Solo así la veré por lo que realmente es y no lo que demuestra ser cuando, armada con la antelación, me espera con su sonrisa devastadora. Hace diez minutos que la sigo entre la gente mañanera. Me escondo debajo de marquesinas. Hasta compré un diario para esconder mi rostro, como en las viejas películas de agentes secretos, por si a ella se le ocurre volver el rostro hacia mi dirección. Lo hace, de vez en cuando Jezabel voltea la mirada como sabiendo que alguien le sigue los pasos. Sin embargo sigue. Una fuerza me empuja a seguirla. No se esconde. ¿Por qué habría de hacerlo? La mañana es pesada. Es una de esas atestada de humedad y hollín. El sol cuelga de la bóveda azul. A su lado un trío de nubes chatas apenas se mueve. Buenos Aires anda como loca. Todo se mueve, a veces sin sentido alguno más que moverse, como el dúo de indigentes que se mudan de un banco al otro en la plaza Lavalle. Jezabel avanza a paso firme. Está hermosa. Brilla como un astro azul en la noche más fría. Es una veta de oro en una mina acabada. Mis manos se entierran en mis bolsillos y se hacen puños y sudan. Mi frente es una catarata de sudor, sin embargo siento frío. Un frío glaciar me conmueve. Algunos transeúntes me miran, ceño fruncido, molestos por lo que debe ser mi apariencia. No tuve tiempo de bañarme ni de peinarme. Y la verdad no tengo idea de cómo estoy vestido. No me importa. Debo seguir a esa mujer. Dobla a la derecha luego a la izquierda. La sigo o persigo ya no lo sé. Me escondo detrás de ese teléfono público destruido; hablo con un diariero; me meto en un kiosko. Todos me miran, pero preferirían no hacerlo. Veo tipos con gafas por todos lados y mujeres que susurran a sus oídos. Aun así, no pierdo de vista a Jezabel y su blusa amarilla con flores rojas. En una puerta a dos hojas inmensa se detiene. Toca el timbre. Gira la cabeza hacia la derecha. Me agazapo contra un auto. La puerta se abre y ella se pierde en el interior del edificio de tres pisos. Camino hasta la puerta. Leo un cartel. Anoto el nombre en una libreta. Es una organización no gubernamental de ayuda a los marginados. Algo así como un comedor comunitario. Empujo la puerta. Luego las dos. No consigo abrir ninguna. Sudo. Me tomo la cabeza. Una señora se detiene y me dice algo que no alcanzo a entender. Algo de que en media hora le dan hombre... Cruzo la calle. Me meto en un café y me siento contra la ventana. El mozo me sirve el cortado de mala manera y me pide que lo pague a contra entrega por algunas experiencias pasadas al estar tan cerca de un lugar como el de enfrente. Lo miro sin prestarle demasiada atención. Tiro un par de billetes arrugados en la mesa. Los toma. Se va. No sé cuántos terrones le pongo al café, lo revuelvo un largo, larguísimo rato. Lo bebo y está asqueroso. Llamo al mozo.

—Si señor...

—El café...

El mozo me mira petrificado.

—El café... —Mi mirada se pierde en la ventana. Mi frente chorrea.

—¿El café qué...?

—Es una cagada, hombre, está dulcísimo...

—Pero usted le puso el azúcar...

—Yo... pero si usted lo trajo...

—¿Se encuentra bien señor?

—¿Por qué?

Me mira descolocado.

—Sí... sí... estoy un poco desarreglado nada más.

—¿Algo más señor?

—Agua... un vaso de agua... caliente...

—Muy bien.

El morocho se va y se pone a hablar con el gordo canoso de la barra. Ríen.

Una nube bloquea el sol y de repente mi imagen se dibuja en la ventana. Tengo el cabello grasoso y todo arremolinado. Lagañas que parecen cristales de sal gruesa. Los mocos me cuelgan de la nariz como estalactitas en una caverna. Recién veo que me puse el blazer azul pero no tengo camisa. Estoy en cuero debajo del saco. Me abotono el blazer, aunque tres botones no son suficientes. El mozo me trae el agua. Bebo avergonzado.

—Abren en diez minutos...

—¿Qué?

—Que en diez minutos puede darse una ducha y desayunar en el hogar de enfrente.

—No si yo...

—No hay de que avergonzarse, señor. Yo en el 2001 viví en ese lugar por meses.

Sonrío. El mozo me deja solo.

Bebo algo del café y le agrego agua. Bebo otro trago y le agrego más agua. El café ahora esta aguado y ya no tan dulce.

De a poco la gente se encolumna frente a la puerta de la ONG. Yo bebo asqueado.

Entonces Jezabel realiza un trabajo humanitario. Debe cocinar o algo por el estilo. Al final es una idealista. Esta mina ayuda y ayuda y ayuda. Respiro agitado. Me pongo celoso —¿de qué, de quién, por qué?— No puedo parar de mover los pies. Me sueno la nariz solo para darme cuenta de que los mocos me cuelgan de los dedos y ni siquiera tenía un pañuelo o servilleta en la mano.

Pasan los minutos. No aguanto más. Me voy

a hacer la cola.

Quedo apresado entre un tipo de unos veinticinco años que pestañea sin parar y se rasca el mentón hasta hacerlo sangrar y una mujer de unos ochenta años llena de várices en las piernas y un olor a ajo inaguantable.

—¿La primera vez? —pregunta la mujer.

—¿Y cómo se dio cuenta?

—Mirás para todos lados, querido.

—Un poco nervioso.

El joven de adelante se da vuelta y ríe, su boca es un agujero negro a no ser por dos manchas blancas.

—Es Alejandro. Antes, hace mucho enseñaba tenis en Olivos. —La mujer lo mira tiernamente.

—¿Era profesor de tenis?

—La vida es rara... Yo era maestra en el Vieytes. Maestra de matemáticas.

Meneo la cabeza.

—¿Te gustan las matemáticas, querido?

Encojo los hombros. Tengo unas ganas de ver a Jezabel.

—Son las ciencias exactas... Muy importantes para la ingeniería o la física y todas esas cosas... las matemáticas lo son. —La vieja suspira. Se seca el sudor con un pañuelo rojo que sacó del escote de su blusa negra—. Claro que en la vida o para entender la vida las matemáticas no sirven para un comino, querido. La vida es tan irracional...

Por primera vez la vieja me interesa.

—¿Cómo es eso?

—Tengo un hambre... Ayer dormí en la estación y dos nenes me robaron la campera verde... Te la cambio... —El flaco de adelante me palmea el hombro.

—¿Qué me cambiás?

—Mi remera por tu blazer.

Me quito el blazer; me da la remera. El calor es insoportable. La remera me sienta bien. Lástima las manchas negras y los dos o tres agujeros de cigarrillos en el pecho.

—Un buen gesto, querido.

—¿Cómo era eso de lo irracional, señora?

—Y en la vida seis más seis es trece y no solo porque nada es lo que parece ser sino porque la desgracia te agarra en cualquier momento.

—La desgracia...

—Sí... sí... Yo enseñaba y todo me iba bien, pero de repente quise consolar a una alumna que había perdido a su madre y todo fue mal entendido y me echaron por abusar o intento de abuso de una menor. Y yo, querido, les expliqué todo, pero como te digo seis más seis no es doce es trece y así me fue. Nunca más me contrataron en ningún lado. Mi marido se fue con la vecina y sus cuarenta años. Ya sé, ya sé, te parecerá vieja, pero para un tipo de sesenta la mujer era una nena y yo me quedé sola y lo malo se convirtió en peor y ya ves como terminé...

—Lo lamento, señora.

—Pero querido no seas tan formal. Dame un beso.

La beso en la mejilla o intento hacerlo, ella se corre y sus labios se estrellan con los míos. El olor y gusto a ajo me descomponen. Pero su sonrisa al final me gratifica.

—Ah... un simple gesto humano... gracias, querido.

—Tengo un hambre. —El flaco de adelante se toma la barriga.

Espero con un gusto a ajo insoportable y una remera que cada vez que la observo con más cuidado le encuentro más quemaduras y manchas. La gente se impacienta y comienza a batir palmas. Atrás se escuchan algunos gritos. Tengo temor de que el público se convierta en una masa acéfala.

Alguien gira una llave, la puerta se abre. Entramos. Desandamos un pasillo angosto de paredes blancas y un piso de baldosas negras. Nos llevan a un patio trasero lleno de mesas largas y rectangulares. No veo a Jezabel por ningún lado. Me siento o me sientan. Alguien se acerca y toma mis datos. No sé lo que le digo. Es más, no sé si es una mujer o un hombre o un bicho. Solo quiero ver a Jezabel. El ajo se me pegó a la piel como la cal al árbol.

En minutos el lugar está atestado de gente. Las conversaciones se entremezclan y ninguna se escucha claramente. Hay risas, también llantos de algunos pequeños a los cuales la vida les resulta un trece enorme. Alguien se desvanece en la mesa de enfrente y dos tipos vestidos de blanco se llevan un cuerpo blancuzco, fofo e inmóvil. El lugar es tomado inmediatamente por un pibe que no debe tener más de trece años y ya tiene cara de anciano, crece hacia abajo, hacia la tumba, ya es una raíz.

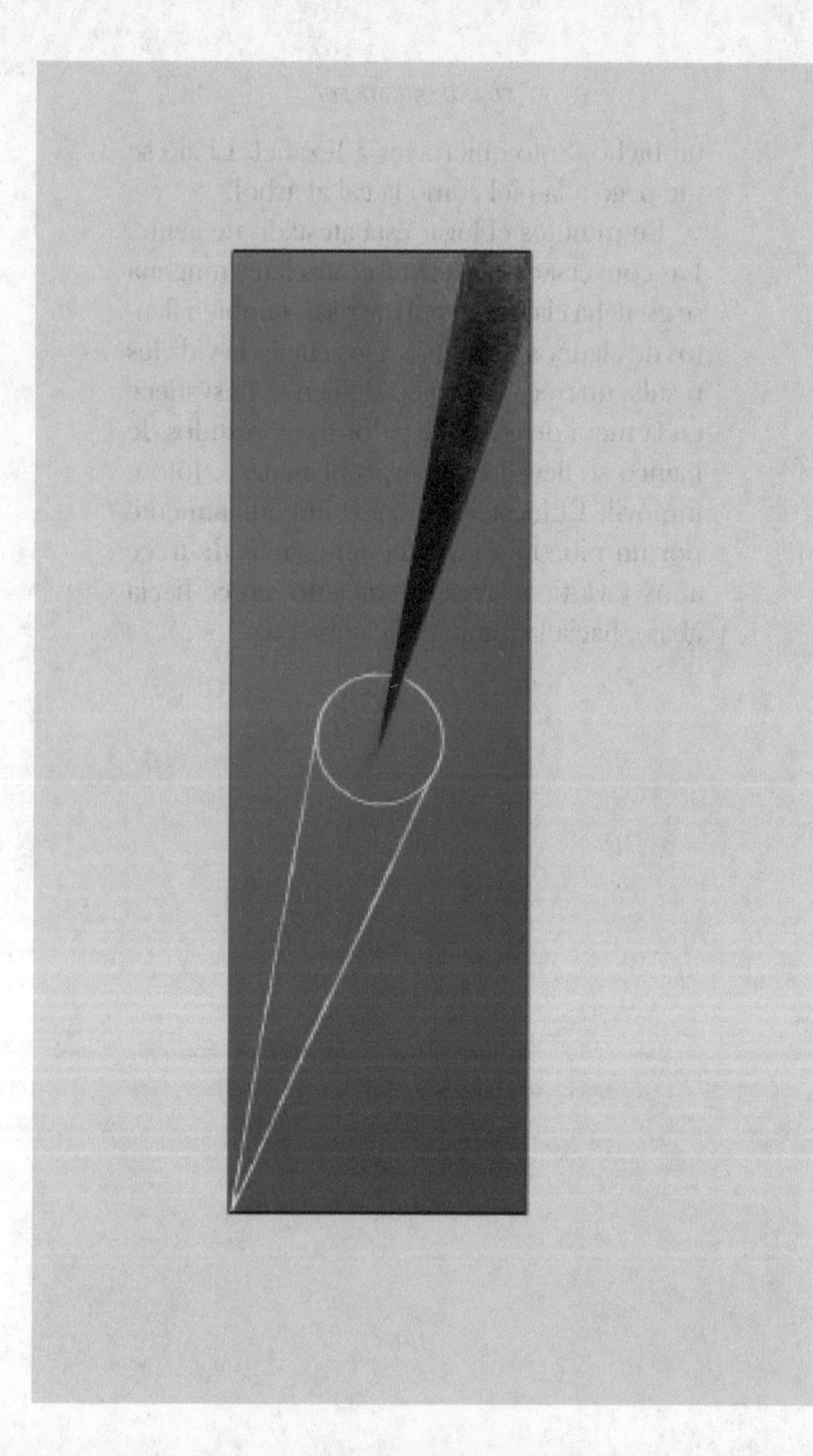

15

El nudo lo tengo debajo del diafragma. Me parte en dos. Me deja sin aire y babeo como un chico. El muerto ronca un ronquido suave de cadencia casi musical. No se mueve. Nunca lo ha hecho ni espero que lo haga. Lo miro con mis manos entrelazadas sobre mi estómago, mi boca entreabierta, mis ojos entrecerrados. Soy la imagen del torturado; él la de la calma absoluta. Esa misma calma que solo puede ser experimentada en el sueño más profundo. Ese mismo sueño que desciende hacia los recovecos más lejanos y oscuros de la vida. Lo miro y no puedo más que mirarlo. Toso. Baba blanca y mocos vuelan de mi boca y caen al suelo, inertes, espumosos, impávidos. Me aferro a la pared. Me recuesto en ella. No quiero salir. La

idea de encontrarme una calle atestada de vida
me aterra. A veces creo que el hombre no es
realmente un ser social y es lanzado al ruedo
sin su consentimiento. Quizás un perro me
bastaría para ser feliz o intentar serlo. Aunque
hace rato no puedo obtener lo que deseo. Algo
lo impide. Desconozco la razón, pero el asunto
es que no puedo lograrlo. Jezabel debe andar
haciendo té o tal vez ya esté enclavada en el
jardín con Fitzgerald y Gatsby en su mente.
Escuché voces hace un rato o quizá no escuché nada y solamente creo haberlo hecho. Me
cuesta discernir lo real de lo irreal. Antonio
salió temprano o tal vez anoche y aún no volvió.
Se fue con un atril, unas telas y una cajita de
pinturas y pinceles. Le gusta pintar a la luz de
la luna. Seguramente también le gusta hacer el
amor a la luz de la luna. Abel ronca y ronca y
en mis oídos todo es una melodía inalcanzable
porque mis entrañas se parten o se desintegran
o se pudren. La vida me resulta una adivi-
nanza aterradora. ¿Vivimos y luego morimos
o morimos y luego vivimos solo para morirnos
nuevamente? ¿No es la eternidad o la idea de
esa villana la que no nos permite vivir hoy y
punto? Mi mente, mis manos, mi cuerpo todo
¿de qué me sirven si sólo se están pudriendo
de a poco? Quisiera ver todo como Antonio.
Reírme de todo y todos y mandar todo a la

puta madre que lo remil parió o ¿por qué no?
ser como Abel y solamente levantarme cuando
tengo ganas de vivir o como la hermosa Jezabel
que tiene misterios suficientes como para dar
nacimiento a mitos y leyendas. A veces ella
sola me parece un compendio de Helenismo.
En cambio yo, sí yo, Julio o Julián sólo porto
el dolor eterno de mis días. Soy una tormenta
que por alguna razón nunca amaina. Tampoco
destruye todo como un huracán. No, soy una
de esas tormentas monótonas que mojan todo.

   Mis ojos se pierden en la ventana, en las
interminables posibilidades que se abren en
la amplitud que nace en el vidrio hoy un poco
empañado debido a la lluvia constante. El cielo
se retuerce entre grises blancuzcos y negros
grisáceos, ambos se disputan el dominio de la
mañana. Se confunden, se empujan, revientan
en imágenes plateadas y explosiones terrorí-
ficas. Llueve a baldazos. El empedrado de
Defensa brilla como la mica y en las esquinas
la tristeza abunda en el vacío tan lleno de una
mañana tormentosa. Toco el vidrio, helado
como una caverna ártica, mis dedos se deslizan y dejan trazos tan efímeros como el rastro
de una brisa en la copa de un árbol. La lluvia
repiquetea en mi interior. Me golpea con su
insistencia. Me sacude con su voz lejana y su
melancolía de lo que hoy es y mañana no será.

Hay algo en ella que me atrapa, me envuelve de a poco como la telaraña a la víctima. No resisto, para qué hacerlo, todo se convierte en una melodía triste, casi trágica y no le encuentro razón al día o a la vida. Me quiero ir, pero no puedo. Esa lluvia, esa insistencia de danzar y de ser escuchada en las ventanas y techos de un Buenos Aires tan gris como un lamento me conmueve. ¿Quién se puede ir cuando algo lo conmueve? Su crueldad no tiene descripción alguna. Me hace chiquitito y me convierto en una partícula diminuta en el teatro de la vida. Una lluvia nada más. A veces en días como hoy entiendo realmente la soledad. Hasta la recibo de buen modo. Como si ella fuera un componente inseparable de la vida o la muerte, porque la vida es sueño y los sueños, sueños son, ¿no es cierto Calderón? Entonces ¿puede la vida ser el sueño de quien realmente somos y nuestra muerte el despertar del mismo? Allá, en la calzada mojada, el 29 pasa lento y vacío con sus luces interiores pálidas y amarillentas como un enfermo de hepatitis. Pienso en Fernando Pessoa y toda su tristeza en la Rua Dos Douradores o en el emperador Julián y su melancolía por sus dioses greco romanos destrozados por la violencia de una secta intolerante nacida en Galilea. Si hasta extraño a Cibeles y su templo. ¿Qué mundo habito? ¿Podemos acaso vivir honestamente en una sociedad que impone sus valores sin lugar alguno para el disenso? Hoy todo es pertenecer. Palabra que odio: pertenecer. Pertenecer a un grupo, a una religión, sociedad, logia, etc. Benditos son los solitarios. Los que no necesitan ninguna muleta para plantarse delante de ese inentendible capricho llamado Destino y soportar a pie firme todas sus tempestades. El hombre es sólo una pelusa en la falda de un huracán. Qué solo estoy.

La casa está inusualmente fría. Las paredes, los vidrios, los picaportes, todo absolutamente todo, tiene la temperatura de la muerte. De hecho, mi corazón me congela con el sentimiento de orfandad que ha signado mis días desde que recuerdo. Tirito, mis dientes repiquetean, mis labios tiemblan y me siento un fugitivo. Alguien que trata desesperadamente de encontrarle una salida al laberinto insoportable que me retiene entre inhalación y exhalación. Solo la imaginación enajenada de un ser cínico y brutal pudo haber creado al ser humano. ¡Cómo quisiera vivir en la inmediatez del animal! ¡Sólo los estúpidos conocen la alegría! Yo que llegué más allá, que de alguna manera me iluminé, solo conozco los destellos de algo que no comprendo y la oscuridad permanente de aquello que entiendo. Para ser feliz hay que caminar en la superficialidad de las cosas. No aventurarse al pensamiento, porque todo lo desmenuza y al final nos quedamos con pedacitos que nunca pueden volver a conformar una unidad. El pensar rompe el espejo de la vida y solo quedan rajaduras cuando de alguna forma lo pegamos nuevamente. Cuanto más pienso más me hundo. Sólo quiero sentir. Sí, sentir a flor de piel y reír como Quasimodo y sus campanas. Pero ya no puedo. Ya abrí demasiadas puertas como para contener todo lo que ellas guardan. Me encuentro sobrepasado de vida o de muerte. Soy el poeta que se ahoga en sus versos y ni escribirlos puede. Jezabel, Antonio, Abel ¿qué son ellos sino algo lejano que ansío alcanzar? ¡Oh, desdicha! Solo puedo ser Julián, los otros trabajos ya están otorgados. Pero si de alguna manera pudiera, aunque fuera por un milésimo de segundo, ser alguno de ellos, si pudiera respirar a través de sus pulmones y ver con sus ojos, quizás entendería lo que no comprendo. Si es que ellos entienden algo. Y si no, al menos vería la vida por primera vez a través de ojos foráneos. Si sólo pudiera ver el árbol que vio Van Gogh o la higuera que describió Borges... lo que daría por entender algo tan insignificante como una higuera o un árbol como los entendieron ellos. Lo insignificante debe ser el comienzo de lo importante porque si no ¿cómo puede entenderse que Vincent o Jorge Luis hayan perdido tanto tiempo en cosas tan triviales como árboles e higueras?

La lluvia amaina y en minutos retoma su furia. Por un ratito, no más, los árboles y las plantas cesan de zarandearse de acá para allá, los papeles no salen disparados de los cestos, y hasta algunas aves tienen la osadía de levantar vuelo. Pero en un instante el gris se convierte en negro, estallan los cielos, el resplandor ence-guece a todos y el vuelo de las aves se detiene en algún escondite. La ciudad se paraliza, las calles se resignan a ser azotadas nuevamente, hartas de ser castigadas por la helada lluvia, ansiosas de sentir en el lomo los pasos seguros de alguna porteña de tacos altos. No hay nada peor que una ciudad paralizada. El pulso, esa energía invisible, se muere de a poco y la ciudad toda se convierte en un cementerio. Las paredes mojadas lanzan a la superficie la tristeza de lágri-mas contenidas en viviendas donde el corazón humano es el único testigo del drama cotidiano. Tal vez Jezabel y Antonio se marcharon cuando vieron los primeros nubarrones, allá en el Este, donde se reunieron los usurpadores del sol y decidieron largarse a desandar las calles como tratando de reafirmar la vida. En cambio yo me quedé contra la ventana, estático, mirando de lejos a dónde diablos se fue la vida. Lo extraño es que no me siento liviano como debería sentirse alguien que perdió algo, los hombros me pesan, la cabeza es un yugo inaguantable y mis pensamientos, báh, mis dudas, miedos, incoherencias y más son una tortura que... ¿para qué explicar si la explicación es tediosa y estúpida? Siento un cansancio monumental, algo así como una fuga concertada de todas mis energías sin aviso alguno. Deseo conciliar el sueño, pero el cansancio es tal y el día siendo lo que es y la vida siendo lo que es... en fin, mis ojos vidriosos buscan, creo que lo hacen, más allá de la indiferencia del vidrio, algo a que aferrarse, pero la calle está tan pero tan vacía que ni siquiera la soledad se encuentra a la vista. La soledad puede ser solo representada en un individuo, uno solo, aislado de todo y todos. Un individuo es la unidad de la soledad, pero hoy no hay nadie y si no hay nadie ¿cómo alguien puede sentirse solo? Vacío, eso es lo que veo, un vacío enorme, algo así como un absoluto indescifrable merodea mi barrio. ¡Una nada tan llena de nada! Un vacío opresivo como un collar chico para el cuello del perro. El jadeo es constante, la angustia inacabable. Antonio, si sólo pudiera pintar como vos, pero ya lo dije o lo pensé antes. Pensar, no quiero pensar más. Cerrar mi cerebro, tirar la llave en la nada del otro lado de la ventana, pero no,

la nada se encuentra en mí. La náusea, Jean-
Paul, la náusea me persigue y esto no es París
es sólo una copia, aunque a los argentinos nos
duela. Pero aún en París la nada me acosaría.
Este cuerpo, este conjunto de huesos, tejidos,
músculos, tendones, órganos y piel no es más
que un todo que se mueve irresolutamente,
siempre cercado por la duda, hacia la nada.
Soy algo decadente y la vida es en realidad la
muerte o el proceso de la muerte. Cada día
vivido es un paso hacia la muerte. Lo mío es
una agonía de treinta y pico de años y ¿cuál
es la diferencia entre mi muerte, extremada-
mente lenta, o la de un enfermo terminal que
se rinde luego de dos meses? ¿Qué el enfermo
sabe que se muere? ¡Pero si yo lo sé también!
¿Qué vivo más tiempo que el enfermo? ¿Pero
qué es el tiempo sino el verdugo que ni siquiera se cubre el rostro? Al menos el tiempo es
honesto. La humanidad no lo es, no puede
serlo, la esperanza es su mentira más piadosa.
¿Esperanza en qué? ¿En un mundo mejor? A
veces pienso que la humanidad vive negando
su presente y por ese mismo motivo no vive.
Muchos se entregan a una religión que se ali-
menta de algo que habita más allá la muerte,
una esperanza en algo mejor, tal vez, pero al
ignorar el hoy no hacen más que repudiar la
vida en orden de vivir una vez muertos. Es

extraño el ser humano. Niega tanto que termina negándose a sí mismo. Yo, Julio, intento no negarme. Sufro la guillotina diariamente. Mis sesos vuelan por los aires y en el llanto rearmo mi cerebro como puedo. ¡Cómo odio y amo los días lluviosos! Es esta vida la que amo y aborrezco. La amo porque la deseo, la aborrezco porque me supera. Soy demasiado pequeño y al fin y al cabo no valgo nada. Muero y todo sigue. No creo que alguien me llore. El diariero seguirá repartiendo diarios, el oficinista irá a la oficina, el repartidor hará su recorrido, el egoísta lo seguirá siendo, lo mismo que el filántropo. ¿Entonces para qué? ¿Qué broma de mal gusto es esto que soy? ¿Qué soy sino la desesperanza en busca de la esperanza? Después de todo, si poseyera la esperanza no la desearía. El hombre no es más que un paria desnudo bajo el hielo mudo del universo. Si hasta las estrellas tiritan a lo lejos, como dijo don Pablo.

Me alejo de la ventana. Un paso, dos, tres. Me detengo. Me llevo la mano a la boca. Siento un ardor en la garganta. ¿Vómito? No, es sólo un ardor. Mis párpados se estremecen, mi frente se frunce, un mar de lágrimas inunda mis cachetes. La angustia oprime mis vísceras. Allá, contra la ventana, armo el rostro de alguien con gafas, alguien que anota cosas en un cuadernito, mirándome fijo. No lo quiero mirar, pero sus ojos me siguen... no, no, me persiguen. Me alejo hasta que mi espalda golpea la pared helada. Me abrazo a mí mismo, froto mis brazos. El frío es insoportable. De repente creo estar en la Antártida en marcha hacia el polo Sur con Scott y su trágica expedición. No quiero marchar. Sin embargo lo hago. Lloro. El día llora o la noche, ya no lo sé. ¡Por el amor de Dios devuélvanme el sol! pero Dios no es amor es solo crueldad y promesas a futuro que nunca deberá abonar. Cierro los ojos, mi cabeza se desploma. El sueño, sí el sueño, esa puerta mágica que me libera. Quiero ser rey en algún lado. Quiero crear algo. Mis sueños, mis sueños son mi reino. ¿Qué tengo que envidiarle a Dios si en mis sueños puedo ser Helios o Mitras?

Llueve. Mis oídos aceptan calmos los sonidos de una mañana infernal. Pero yo me voy de a poco... me voy hacia arenas de algodón y mares de terciopelo zafiro. No hay esperanza en estas costas. Tampoco desesperanza. Hago y deshago a mi antojo, la nada es el todo y el todo la nada... soy, simplemente soy, enorme, interminable, chiquito, terminable...

Al fin respiro con el universo.

La calma de una pradera. El verde inagotable que se pierde en la lejanía. Los rayos dorados que todo lo bañan, lo lindo, lo feo, lo ajeno, lo propio... las barcazas de algodón que navegan de un punto cardinal a otro en un azul puro, sin niebla o bruma. Esos impostores que reflejan la soledad devastadora del que se fue y nos llora de lejos. Eso anhelo. Eso y no otra cosa. Techos brillantes en lontananzas más allá del granero y los silos y los molinos y las tranqueras. Techos de chapa corrugada, de tejas, de paja. Techos que cobijan al hombre tan ridículo en el medio del campo como una araña en una bañadera. Una de esas de patitas finitas y débiles que indefectiblemente será arrastrada por el torrente cuando abramos la canilla. Ese mismo pedacito de vida que se perderá por la rejilla como nosotros nos perderemos por la vida al entrar a la muerte. ¿Y qué nos quedará? ¿Qué nos quedará de una calma rural? ¿Qué nos quedará luego de que todos nuestros sueños y también los prestados nos abandonen en esa entrada que como toda entrada es también una salida? La calma que tanto deseo es solo un sueño. Por eso existe. Si intento alcanzarla no puedo más que destrozarla y con ello mi esperanza estallará en millones de fragmentos y partículas que llevarán por todos los universos, el nuestro y los otros, una esperanza fracasada. Esa y no otra razón hace del hombre un intento de grandeza fallido. Esa tozudez de querer convertir cada sueño en realidad.

¡Ah, pero el estoicismo dignifica al infeliz! Lo imposible solo trae dolor, frustración, inferioridad y sin embargo deposita a su soñador en el pedestal de héroe.

Antonio es un héroe, Jezabel una heroína, Abel un... no sé realmente... mientras que yo... yo soy algo que vive y sueña algo tan frágil, tan de cristal que me pierdo en mi inmovilidad. Soy un poco como el señor Soares de Pessoa o me veo bajo el mismo prisma. El sueño me alivia; la vida me sofoca. Pero una pradera, enorme, interminable me seduce como las piernas de una bailarina. Mi corazón estalla cuando la imagino, verde oscura, verde clara, abierta, sin obstáculos, sin tranqueras, sin límites. ¡Pero si la vida es un límite horrible! Si todos estamos marcados por la nada de un lado y la muerte del otro. ¡Oh, Sócrates cómo necesito tu mayéutica!

Abro los ojos. La realidad de mi atelier me pesa. Los lienzos ajenos me pesan, las paredes manchadas de ocres y azules cerúleos me hunden aún más en un cautiverio que nunca busqué a no ser por mi nacimiento. ¿No nacemos acaso para aferrarnos de cualquier modo al cautiverio de permanecer vivos? Si tuviera el estoicismo de Seneca o la virtud de Aristóteles. Se me caen los mocos y recién me doy cuenta de que debo haber estado moqueando entre lágrimas desde hace un buen tiempo. ¿Dónde está la imagen de la pradera que vislumbré hace unos minutos? La vida todo lo saca. Inclusive sus premios son sólo préstamos que luego arranca a su antojo. La única forma de vivir es el no sentir y el no sentir es el no vivir. ¿Entonces qué? Quizás el vivir demande la separación total de mi ser con lo que soy en este mundo. Ni siquiera mi cuerpo es mío.

Vivo en una bomba de tiempo atada a mi alma. Mis párpados caen y traen la negrura que tanto bien me hace. En la oscuridad de mi ser reside la luz. Cuando no veo más encuentro. Un cielo azul se dibuja en mi mente. Las copas de los árboles se muestran inertes. Es una quietud sinónima de la gestación más que de la muerte. La brisa está tan ausente que hasta la veo. El olor a eucaliptos imbuye mis fosas nasales y mis pulmones se abren y respiro mi sueño. En él nada empieza ni nada termina. No tengo noción de tiempo, pero tampoco de su ausencia. Floto como un astronauta en el espacio. Floto y navego su calma. La calma de una pradera virgen. Mis manos siguen en los bolsillos. Tocar es destruir. Mi respiración se acopla a mi corazón y todo cobra sentido. En mi sueño soy Dios, hago y destruyo. Y lo mejor de todo es que no le debo explicaciones a nadie. Pero sueño sin dormir. Eso es lo extraño. Mis sueños se producen estando consciente y sin mediar nada me deslizo hasta perderme en mi subconsciente.

La calma de una pradera. El verde inagotable que se pierde en la lejanía. Los rayos dorados que todo lo bañan, lo lindo, lo feo, lo ajeno, lo propio... las barcazas de algodón que navegan de un punto cardinal a otro en un azul puro, sin niebla o bruma, esos impostores que reflejan la soledad devastadora del que se fue y nos llora de lejos. Eso anhelo. Eso y no otra cosa... eso y no otra... eso y no...

16

—¿Jezabel, no te dije que esto era un desnudo?

—Sí, Antonio, me lo dijiste y recontra dijiste, pero me pareció más adecuado esconder mi cuerpo en tonos azules y blancos...

—¡Qué pelotuda que sos, che! No hay caso. —Antonio pita el rubio y larga el humo por la nariz. La mira, a Jezabel mira, con ojos alejados detrás de la cortina plateada del humo.

—No me mires así...

Le tira un trapo húmedo.

—¿Y esto para qué?

—Límpiate.

Jezabel comienza a fregarse los brazos, un rosado pálido asoma entre estrías azules y blancas.

Antonio se recuesta en la pared, el hombro derecho se encoge como un bandoneón. Fuma. Lo veo, sí, lo veo desde el último escalón que lleva a mi cuarto, donde me siento en silencio sin querer disturbar la extraña relación que Jezabel y el pintor mantienen.

—Apurate...

Jezabel se friega el cuerpo con violencia. La piel se le irrita, toma un color rosado chilloso. ¡Por Dios es hermosa! En minutos su cuerpo no tiene nada que le sobre. Su piel, pálida como una luna desterrada por la niebla, su rostro, frágil como el cristal más puro. Desnuda se arrodilla y enseguida se hace un ovillo. Antonio tira el cigarrillo y se hinca a su lado. Suavemente comienza a recorrer cada línea de ese cuerpo desnudo con el pincel de trazo fino. Llego a escuchar la respiración agitada de Jezabel cuando el pincel descubre contornos prohibidos. Antonio sonríe, sólo sonríe. Me llevo la mano a la boca y me muerdo el dedo índice. Un hilito de sangre recorre mi mano.

El pincel deja el cuerpo desnudo. Jezabel intenta alcanzarlo con la mano extendida, como buscando algo insoportablemente deseado. Se siente su súbdita. Antonio se aleja, primero un paso luego otro, al final un tercero. Enciende otro cigarrillo. Pita profundamente. El altillo es algo mágico, algo místico. El pincel con la misma delicadeza de hace unos segundos recorre el lienzo, deja una impresión acá, otra allá. El ovillo en el suelo es un cuerpo único, algo compuesto por los astros azules que nos iluminan todas las noches y por las lejanas promesas de una belleza nunca realizada en un mundo empeñado en resaltar la fealdad. Tiemblo como deben haber temblado los griegos en los tiempos de Pericles. Su cuerpo emana un halo que no puedo describir por esas cosas de la imperfección del lenguaje. Es un resplandor y sin embargo no tiene la arrogancia de lo brillante sino la calma de lo opaco, esa suavidad de lo que no enceguece. El silencio es sepulcral. Mi bobo late, pero lo hace casi en silencio. Alguien llora. Allá donde Jezabel se ha convertido en Ishtar y Antonio no es más que un Heródoto de la pintura. Cuenta, solo cuenta lo que nadie puede contar. Yo veo, pero ¿cómo creer algo que se refleja en mi mente por medio de un sentido tan caprichoso como la vista? Quizás el olfato sería más confiable por eso de ser ciego, tal vez. ¿Acaso la vista no ve agua en la sequedad del desierto? Mis párpados caen, inhalo con fuerza. La fragancia es suave pero profunda. Me transporta. Me encuentro solo en una caverna helada pero la fragancia me mantiene abrigado. A mi alrededor todo es una negrura gélida a no ser por parches de una luz purísima que se dibujan en las paredes de mis párpados. Tirito, no, no por frío, sino por esos flashes que me llegan con cada inhalación y su pérdida subsecuente con cada exhalación. Ese olor a mil y una noches, a sueños y deseos escandalosos, a altares y sacrificios, a promesas y desilusiones, a mares atestados de aventureros y tierras vacías con mercaderes que solo venden y nunca descubren nada, a cielos abiertos de un azul esperanzador y a nubes aterradoras portadoras de la furia del universo. Esa fragancia me conmueve hasta la médula. Esa fragancia es mi esperanza y como sucede con Jezabel nunca habré de poseerla, solo se moverá a voluntad por mi interior para luego dejarme vacío como el espacio entre los objetos. ¿Oh, Epicuro cómo puede ser que exista el vacío? ¿Qué demiurgo cruel —o habrá sido la loca de Sofía— pudo haber creado semejante barrera entre dos cuerpos que se desean como uno? El espacio más pequeño es la distancia más enorme. La soledad la llevamos a cuestas. Nunca puede ser realmente erradicada. Un amor furibundo no es más que la desesperación humana de zanjar de una vez por todas ese vacío absoluto que nos sitia a lo largo de la vida. Jezabel es esa mitad que seguramente perdí en algún momento antes de convertirme en ser humano. ¿Recordará Jezabel ese mal llamado pasado, puesto que el presente, futuro, y pasado solo pueden ser aplicados dentro del concepto de tiempo que gobierna la experiencia humana?

Me siento en el descanso de la escalera. La cabeza me trabaja a full. Las imágenes van y vienen, claros y oscuros se suceden, se superponen, y hasta se complementan. Me siento solo. Nunca me sentí tan solo como en este momento. Esta realización de mi indivisibilidad y de la indivisibilidad de Jezabel me aísla como nunca de los seres humanos. Un acto de amor violento o una penetración profunda es a lo máximo que puedo aspirar. Pero ¿aspirar a qué? Si hacer el amor es solo el acto de dos cuerpos revolcándose entre las sábanas, abrazándose, besándose, gimiendo con cada caricia, entregándose al prójimo con cada orgasmo para después ¿qué? Sí, para después ¿qué? La soledad se magnifica luego del acto sexual. Es como ver la vida bajo una lupa. El hechizo se deshace, el espejismo se revela a sí mismo y la unión brutal del amor hecho deseo se derrumba y, no puede ser de otra manera, termina en la separación de dos cuerpos que anhelaban permanecer unidos. Quizá para la gente el recuerdo es suficiente. Para mí el recuerdo no es más que una propina insuficiente que la vida me condena a aceptar.

El recuerdo me destruye. Es un cáncer. Me muerde, me corroe, me abate. ¿Alguien quiere realmente abrazarse a los recuerdos o lo hace por no tener más remedio? Un recuerdo no es otra cosa que otro trapo en el ropero que jamás se habrá de usar nuevamente. Un recuerdo *fue*, nunca *es* o *será*.

—¡No te muevas, carajo!

La voz de Antonio me conmueve.

—No, no, Jezabel, no. Tenés que mantener la posición. Si te movés aunque sea un milímetro se rompe el hechizo. —Antonio pita, un humo metálico le cubre el rostro. Su mano sigue vaivenes delicadísimos y el pincel recorre el lienzo buscando formas, encontrando respuestas a una visión que necesita proyectarse más allá de la renegrida mente de Antonio—. Así, querida, así. No te muevas...

—Apurate Antonio que hoy no me encuentro...

Antonio sonríe.

Yo sigo en el descanso de la escalera ¿por qué? ¿Puede ser que no tenga nada que hacer? A mis espaldas alguien conversa. Escucho una voz de mujer chillona. Alguien ríe. No me importa. Debe ser mi mente, tiene tantos recovecos inalcanzables. Mantengo mi vista en la luz que emana del altillo. Jezabel se dibuja en mis ojos. Se dibuja con sus curvas y su elegancia.

Lágrimas. Derramo lágrimas. ¿Quién puede seguir viviendo una vez encontrada su mitad perdida si no hay posibilidad alguna de incorporarla? Hoy me he convertido en inválido. La pena se aferra a mi corazón como un alambre de púa a un alambrado. Le da vueltas y vueltas. Cada latido me duele en el alma. Es todo un absurdo. La vida lo es. Todo termina en su opuesto y el hombre queda atrapado en el medio de todo. Vida y muerte ¿y en el medio quién? Yo. La soledad termina en el acompañamiento ¿y en el medio quién habita? Yo. No soy más que un bollo de papel zarandeado por el viento de acá para allá. Cuando encuentro algo lo hago para perderlo, cuando busco lo hago con la esperanza de no perderlo. Nada es definitivo. Solo el absurdo lo es. No somos más que una flor que se desloma por crecer en el desierto. Nuestra sed eterna es la confirmación del desierto que nos enjaula. Leemos poesía solo para darnos cuenta de que miles de personas mueren a diario por lo que ella nos transmite. Amor y odio, amistad y enemistad, esperanza y desesperanza, y cuántas cosas más. Como Neruda, a veces me canso de ser un hombre. ¡Un hombre! Un ser humano... qué solo, qué aislado que suena todo. Quiero llorar. Quiero hundirme en mis lágrimas porque por lo menos son honestas.

Son el fruto de la desesperanza, pero cuánta
honestidad hay en la desesperanza humana,
cuánto de mártir se requiere para vivir sin ser
engañado. El estoicismo de Séneca es invalora-
ble; el hedonismo bien entendido de Epicuro
la única salida. La vida moderna, sus valores,
sus fundamentos son tan lúgubres como la
Francia de Gauguin. El ser humano hoy es una
sombra de lo que pudo y debió haber sido,
pero lo más triste es que nadie se da cuenta de
esta miseria. Jezabel, sos lo único puro que he
encontrado. Si hasta Antonio te necesita para
escaparle a sus demonios, pero vos, vos mi
bien, no necesitás a nadie. Para vos, un Dios es
impensado. Algo creado para justificar nuestras
penas, nuestras carencias, nuestras ganas de
ser mejores y no poder serlo. Pero sobre todo,
para vos, un Dios es el grito desesperado de
la humanidad para escaparle a la muerte. Un
Dios... Mi Dios, ¡si todo fuera tan fácil! Crear
un Dios, una religión, un dogma. Seguirlo a
rajatabla. Redoblar la apuesta con un código
de conducta tan hipócrita como su promesa
¿para qué, mi bien, para qué? Para morirse
uno, dirías con tu sonrisa melancólica y tus ojos
brillosos. Vos, mi bien, vos sos la única que le
da dignidad a mi humanidad. Aún si no logro
nada en mi vida, tu vida, sí la tuya Jezabel, de
alguna manera justifica la mía como la vida de

Beethoven justificó a todos sus predecesores porque ellos culminaron en él.

Cierro mis ojos y por alguna razón Pessoa desciende sobre mí con la calma de una llovizna portuguesa. Las tejas brillan bajo el resplandor de una nubosidad no muy pesada. Y él va, el portugués va a su oficina, con su soledad a cuestas, con su vida intrascendente, con su imaginación intacta y sus múltiples personalidades, él va. ¿Y quién se iba a imaginar que ese hombre modesto, casi invisible, que vivió siempre en las sombras iba a escribir algunas de las páginas más sobresalientes de la literatura universal para abandonarlas en un baúl? Al menos Jezabel vivirá hasta la extinción humana en algún lienzo. Pessoa y Jezabel son dos astillas del mismo palo. Yo, yo solo me he clavado sus espinas y ahora el dolor me conmueve a diario. Gracias Jezabel, gracias Pessoa. Hoy me siento Dostoievski, ¿qué es más importante: la felicidad barata o el sufrimiento elevado?

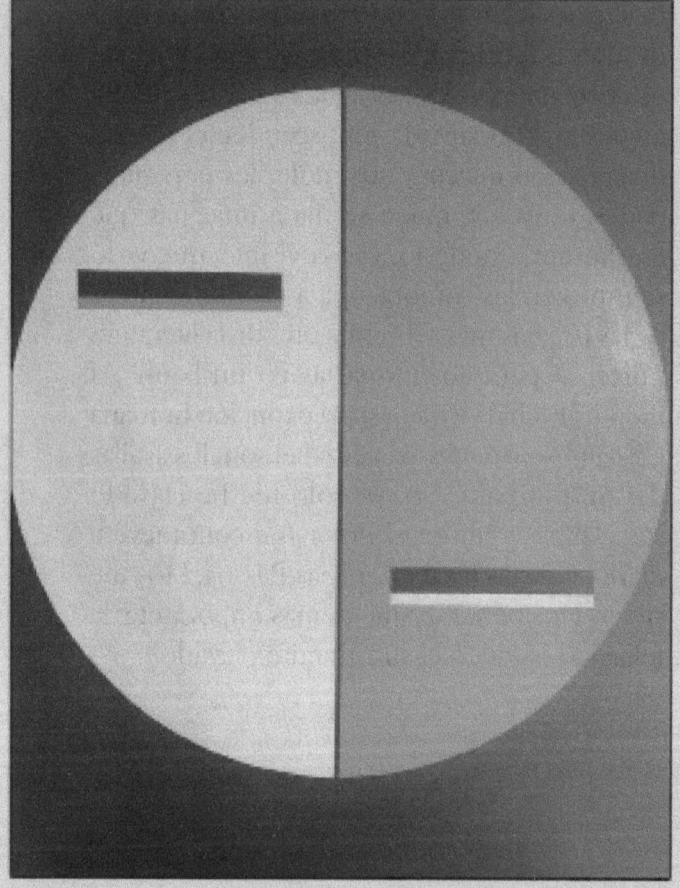

17

Se me parte la cabeza. A mi alrededor, nada se detiene. Las jaquecas son cada vez más frecuentes. Antes me ocurrían muy de vez en cuando, ahora aparecen como un rayo día por medio. Lo que también ha cambiado es la intensidad del dolor. Es como si tuviera un bicho dándome vueltas adentro, carcomiéndome los sesos. O tal vez tenga una piedrita como esas que se meten en las zapatillas, claro que para sacarla no puedo desatarme la cabeza y buscarla con los dedos. Tomo mucho café, muchísimo. Tal vez la cafeína amaine el dolor. Fumo, lo hago para distraerme. Estoy solo en el patio donde Jezabel lee a Fitzgerald. Inclino la cabeza hacia atrás y hago anillitos de humo. El dolor no cede y en minutos estoy hecho un ovillo en la silla con la frente entre las piernas. El pucho se consume de a poco en un cenicero de cerámica.

Abel se acomodó entre dos lienzos enormes de Antonio y la pared lateral derecha del altillo y como siempre no ha dejado de roncar. El despertarse para ese tipo es algo impensado. En mis manos tengo una agenda de tapa verde. Pequeña. La encontré al lado de las pertenencias del muerto. No debí tomarla, pero él dormido siempre, y yo, despierto siempre, y eso de que la curiosidad empuja y esas cosas. El asunto es que la tomé y ahora no me atrevo a abrirla. ¿Qué le digo a Jezabel si me ve? Antonio no me preocupa porque no ve nada fuera de su mundo. Además se marchó a eso de las diez en busca del travesti que nunca conocí. Jezabel se fue ayer a la medianoche o por ahí, empilchada como si fuera a ver "La Bohême" al Colón con Enrico Carusso y todo. Era algo tan lindo, Jezabel, con su vestido de seda beige oscuro, de espalda descubierta y escote enorme. En fin, se fue y todavía no apareció. Entre tanto la agenda verde da vueltas en mis manos. Hace unos minutos encendí mi tercer cigarrillo. La cabeza me explota y sin embargo siento curiosidad. Ya me bajé cinco tazas de café negro sin azúcar. Me siento con la sexta a mi lado. Con el dedo índice recorro la agenda, la deposito en la mesa. Su textura me trae a la mente los forros de cuadernos tipo araña que usaba en la primaria.

Tomo una gran bocanada de aire. Abro la agenda. Pito el cigarrillo. Bebo un sorbo de café. Mis ojos caen sobre el papel color marfil. Todo lo que veo está escrito en letra cursiva de color azul.

Leo palabras salteadas. Aún no me animo a leer de corrido. Cierro los ojos, mis dedos los restriegan. ¿Qué hacer, leer o no leer?

En un flash leo la primera oración:

Siempre soy aquel que no soy y nunca soy aquel que sí soy

Me detengo. Algo en este texto me da miedo. Una oración, solo leí una y ya me pegó. ¿Quién es Abel? ¿Por qué escribe en una agenda tan diminuta? ¿Por qué no vive en Buenos Aires donde solo duerme? Enciendo otro cigarrillo. Pito una vez, dos, tres veces. Al depositarlo en el cenicero me doy cuenta de que aún no terminé el anterior. Dos cigarrillos humeantes en el cenicero. Y buéh, si leo será como tener una conversación con el finado. Bajo la vista y me pierdo en el color marfil de sus hojas.

Pero para entenderlo todo debo empezar por el principio, si es que hubo un principio y si no lo hubo debo encontrarlo y de no encontrarlo debo, a mi historia, asignarle uno arbitrariamente.

Tal vez fue aquel día cuando volví de la escuela con

el ojo morado y la nariz ensangrentada. Tal vez fue aquel día porque de alguna manera al mirarme en el espejo comprendí que ese chico de ojo hinchado y nariz doblada como solapa de blazer no se asemejaba en nada al que horas antes había dejado su casa. También otro punto de inflexión sucedió la noche que papá destrozó el autito de tres cilindros que teníamos. Lo chocó de frente contra el semáforo de Alberdi y Mariano Acosta. Papá, mamá y yo terminamos en el hospital, los tres vendados, con puntos de sutura por todos lados y cara de tarados.

Claro que también puedo encontrar un inicio el día que mamá dijo ahora vuelvo y nunca lo hizo. Lo único que supe días más tarde es que dejó todas sus pertenencias en casa. Dejó a mi padre envuelto en lágrimas, rencor y alcohol. Fórmula que lo hundió en una violencia impensada que esa noche recorrió por primera vez mi cuerpo, moretones, cortes, gritos, llanto, siempre llanto, nunca calma alguna.

Al escribir estas líneas lloro de impotencia.

Quito los ojos del texto. Soy un intruso. ¿Quién me invitó a semejante confesión? Pero yo también sufrí los coletazos de un hogar quebrado y un padre violento. Me toco los glúteos donde tantas veces se estrelló la hebilla del cinto de mi padre. Raro, pero en este momento me siento acompañado. Pito mi pucho y el de Abel también. Me gusta conocerlo. Me pierdo nuevamente en el texto:

Lloro con lágrimas de cebolla, esas que arden y no

paran. Me seco o trato de hacerlo, pero siempre he escrito mejor desde la pena. Cardos, toda mi humanidad, toda su extensión siempre estuvo, y seguramente lo estará en ese futuro que aún no llegó, pero inexorablemente lo hará, cercada de cardos. Respiro desganado. Quizás hoy debería dormir. Sí, debería echarme allá en el rincón de este inmundo bar perdido en General Pico, hacerme un ovillo y entregarme al sueño. Pero ¿cómo hacerlo si debo escribir? Debo de alguna forma ser el testigo de mi existencia. Debo dejar un comprobante de ella aunque a nadie le importe. ¿Quién soy realmente? Un vendedor, sólo un corredor, un viajante que se desplaza de pueblo en pueblo ofreciendo productos dentales. Productos que algunos compran y otros ni le llevan el apunte. Intento en cada viaje ser alguien diferente. A veces me visto de traje otras aparezco de jeans y remerita lo que desconcierta a mis clientes. También los divierte. Algunos creen que me falta un tornillo, para otros soy un excéntrico que necesita expresarse. Nadie sabe bien qué me empuja a esos cambios.

Pero como dije al inicio de este diario o cuaderno de apuntes, no sé cómo llamarlo, debo encontrar un principio. Cierro los ojos. Me interno en algún recoveco de mí ser. Paso un vacío descomunal. Me aferro a algo y no sé bien qué es. El principio nunca se revela en el medio. El principio se desenvuelve al inicio y lo que se recuerda de él no es más que una memoria borrosa que se explica con palabras que hoy no representan lo que representaron antes. Entonces el principio es también subjetivo. Nada en la vida es objetivo. Bah, tal vez la vida misma lo sea; el ser humano no puede serlo. Río, me descompongo a carcajadas cuando escucho a algunos personajes decir que tal día o luego de esta o aquella experiencia decidieron ser actores, artistas, médicos, etc. Nadie sabe a ciencia cierta por qué es lo que es y no otra cosa. Lo que muchos recuerdan no es el inicio o la causa sino el empujón final, como el delincuente justifica su delito muchas veces en un hecho distinguible de su pasado, sin reconocer que desde la cuna tenía cierta tendencia a ese tipo de vida. El mundo es el caldo de cultivo de todo, pero el caldo de verduras es siempre de verduras y nunca puede ser de pollo. El delincuente encuentra un ambiente propicio para desarrollar su tendencia al delito, pero ya era caldo de delincuente. Del mismo modo el artista es caldo de artista, el médico de médico, el garca de garca, el político de político, y ¿por qué no? Dios de Dios.

Entonces es mejor dejar el principio de lado y buscar cual fue el último impulso que moldeó mis días. También es difícil poner el dedo en el evento determinante. ¿Fue el viaje que realicé con el viejo cuando desbordado por la vida, con Neruda bajo el brazo, deambulaba en piloto automático por Río Negro vendiendo enciclopedias? ¡Cómo me arrancaba gritos con el cinto cuando lo sacaban corriendo! A veces creo que el viejo me llevaba como punching-ball y nada más. Cansado lo dejé una mañana de primavera soleada (¿Por qué la gente cree que las cosas malas solo ocurren en días tormentosos?).

El sol mañanero me cobijó en mi corrida alocada por la ruta hasta que un camionero santiagueño me levantó para dejarme solo, solo con mi alma porque el bolsito se lo quedó el hijo de puta, en Bahía Blanca. Lo que siguió fueron años de institutos de menores y fugas, pero nunca delitos cometidos, solo recibidos.

Me seco el rostro. Quiero dormir. Oh, Dios no puedo, cuando escribo el sueño no es más que el horizonte perdido de Jason y sus argonautas.

En mi mente hago el inventario. Creo que en dos días volveré al altillo de Antonio y dormiré con ese tipo que nunca conoceré, pero del que tanto me habla Jezabel, tan hermosa e imperfecta como en la Biblia. A veces creo habitar en un tiempo atascado entre lo que fue y lo que es. No entiendo el futuro. Es una pérdida de tiempo espeluznante. Algunos estúpidos creen que algún día el futuro les llegará sin entender que lo único que se vive, nunca llega, es el presente. Entonces vivimos entre experiencias que no se guardan ni se esperan. No tienen orden alguno y muchas veces nos empujan al caos. El hombre de por sí desea algún orden. El hombre de por sí desea una vez más un imposible. El único orden en la vida es el desorden y punto. El concepto de Dios no es más que la hipótesis desesperada del hombre ordenado para buscarle explicación a tanto quilombo. Y el destino, tan griego como la tragedia existencial, es sinónimo de la impotencia humana. Desde los tiempos del primer libro, en las aventuras de Gilgamesh el hombre buscó (aún lo hace y lo hará por siempre) la inmortalidad.

Y aún en la aventura épica de ese loco de la antigua Uruk lo único que el tipo encontró fue la muerte. Se vive para morir y punto. La muerte no detiene la vida por el contrario la justifica. ¿Qué es la inmortalidad entonces? Vaya uno a saber. Para mí mis múltiples viajes, mis peregrinajes, mis cafés en tantos cafés desconocidos, mis apretones de manos, mi continuo andar, todas esas cosas me acercan a la inmortalidad. Soy un hombre que se multiplica constantemente. Conozco y siempre tengo algo por conocer. Si me detengo, muero.

«Si me detengo, muero» ¿Cómo vivir sin detenerse? ¿Acaso no necesitamos un respiro? El texto me confunde. No tiene un comienzo definido y está escrito a tirones. Parece más un compendio emocional que un testimonio racional de alguna vida. Abel me parece cercano a Jezabel y a Antonio. Tal vez todos tenemos nuestro infierno, pero solo unos pocos se atreven a adentrarse en sus llamas. ¿Sacrifican o purifican esas llamas? Suspiro. Estoy cansado. Extenuando sin haber realizado esfuerzo alguno. Quiero seguir leyendo, pero esa frase, ese mazazo me conmueve: «Si me detengo, muero». Abel duerme —¿muere?— a mi lado. Mis manos tiemblan. Siento algo subir desde el vientre a mi estómago. Un nudo enorme me revuelve las tripas. Agua, necesito agua. Corro a la cocina. Abro la canilla, el agua me baña el rostro. Extraño a Jezabel, extraño a Antonio. Mis párpados se desploman. No quiero estar solo con un cadáver a mi lado. Abel ronca, se descompone, gusanos y moscas cubren su cuerpo. A lo lejos alguien ríe. El tipo de anteojos toma notas y habla con la mujer de trazos finos y cabello castaño. Busco algo que me aleje de este infierno. No quiero ser sacrificado o purificado. Mi evolución como ser humano se acerca más a la de un anfibio que a la de Abel. El licor me quema. Bebo una medida de gin, dos, tres, cuatro... La cabeza me da vueltas y vueltas. Si me detengo, muero... si me detengo, muero... si me detengo, muero... No es Abel, esta vez soy yo... cinco, seis, siete medidas. Al diablo con el vaso. Tomo de la botella. Todo se nubla, nada está anclado, mis párpados caen. ¡Pum, se acabó!

A eso de las tres de la mañana el repiqueteo del diluvio en las celosías me sacude del sueño. Lo primero que toco es el diario del muerto que sigue tirado en el suelo, sobre esa colcha que usa de cama, ronca como un viejo de noventa, con una sonrisa irregular en un rostro aún más irregular. Un rostro de nariz plegada hacia la derecha y orejas enormes que parecen alas. El finado duerme como lo puede hacer un niño entre medio de sus juguetes. ¿Quién sabe por dónde pulula su alma entre tanto sueño? Nunca se da vuelta, tampoco reacomoda sus extremidades. No se mueve para nada. Da la sensación de un ser perdido en un coma tan pero tan profundo que ni siquiera la muerte podría alterar. ¿Existirá en el alma de alguna persona un pozo tan profundo que ni siquiera la muerte puede alcanzar? Me río, cómo no hacerlo, si todo lo que vivo en esta casa me es foráneo como la cordura lo es para un enajenado. Quizá todo esto sea un sueño, algo intangible e irreal. Pero este tipo es real. Su diario también lo es. La lluvia y el viento que bambolean las persianas de acá para allá son una realidad y no una ficción. Yo (me pellizco) soy otra muestra de que esto no es un sueño. Me friego el rostro. Los callos de mi mano raspan la docilidad de mis cachetes. Suspiro. ¿Debo leer más? La inquietud arenga mi curiosidad y todos sabemos que la curiosidad mata al gato. Sin embargo me siento un poco felino. Allá un relámpago y un trueno, acá solo sombras y silencio al lado de un tieso. Prendo una vela en uno de esos candelabros de mano que usa Antonio cuando se le ocurre pintar en las sombras. Lo coloco a mis pies. Me recuesto contra los ladrillos. Abro el diario nuevamente. Mis ojos estudian a Abel por última vez. Y buéh, hay que leer nomás si con el tipo nunca puedo hablar. Me pierdo en el texto.

20 de octubre de 1986

*Hace horas dejé Buenos Aires armado de un maletín
y un horizonte despejado. El micro lo tomé en el once.
La ruta la encontré en menos de una hora. En el Este
el firmamento se agranda en un plateado homogéneo
con pinceladas de un rosa y amarillo furiosos. No hay
una nube. Todo, allá arriba, a diferencia de acá abajo
es infinito. Un infinito homogéneo, sin límites. Entonces
la frase ad infinitum no tiene sentido, Epicuro. Nada se
suma allí arriba. No puede hacerlo. Todo es una unidad
inseparable, por lo menos para mis ojos. El ómnibus
va semivacío. Un pasajero adelante mío. Nadie detrás.
El chofer fuma y la radio suena tan melancólica como
el recuerdo de una amada el día después. Don Juan
Demarco sabe mucho de eso. Una amada el día después.
Me salió linda la frase. La provincia se desempolva a
nuestro andar, plana, casi aburrida. Si hasta parece la
vida, ¿o la vida no es un tedio insoportable? ¡Nunca
pasa nada, che!*

*Los giles se levantan, se duchan, se asean como
corresponde. Van al laburo. Producen. Van al bar.
Toman algún Fernet o un cafecito, así, al paso.
Comentan con el compinche de turno acerca de sus
penares y sus pocas alegrías. Y luego ¿qué? Vuelven a
sus hogares y así se va otro día. Otro día que los acerca
a la muerte. Los acerca a ese precipicio infranqueable
que nuestra sociedad moderna se empecina en ignorar.
¿Quieren conocer la estupidez humana? Es tan simple:
¿quién creó la frase, para siempre? Nunca entendí a mis
contemporáneos; siempre admiré a los griegos de hace*

miles de años. El día se impone con un alba rosada, enorme, imposible de abarcar en un cielo ilimitado. O quizá solo limitado por la mente humana que todo lo quiere condensar o delimitar. ¿Quién soy hoy? Soy Abel, el explorador. Habito en mi traje gastado de coderas verdes, en mis zapatos recién lustrados, con sus taquitos de goma nuevos y sus puntas opacas de tanto arrastre, en mis anteojos de marco negro y de aumento desactualizado. Tan viejo que los números tres y ocho se me confunden siempre. A los hermanos (mis ojos) los tengo siempre entrecerrados. Cuando leo algo les tengo tanta confianza como a un cura con niños. Me engañan a más no poder. Por ejemplo, ayer debí partir a las 3:30 de la mañana y aparecí a las 8:30 y perdí el micro.

Pero volviendo, ¿qué carajo pasa en la vida? ¿Por qué nos aferramos tanto a esta miseria de final ya conocido? Eurípides, sí, él y sus tragedias tienen la respuesta.

Quisiera ser Ismael, pero Melville no me dejó y así pasó Moby Dick sin mi participación. Fui solo su lector. Los Tigres de la Malasia solo aceptaban niños y yo los disfruté tarde. El libro de la selva fue demasiado perfecto para jorobarlo con mi persona. Todo esto explica un poco mi presencia en este ómnibus perdido en la ruta, un caparazón rojo, blanco y plateado entre la lontananza y la promesa de una pampa que se abre como un abanico llena de aves y vacas. El hombre es un intruso. Hasta en la vida lo es. La vida, la que observo desde mi ventanilla no necesita de la razón solo de la acción. El mundo se desenvuelve con la exactitud de un reloj. La noche da un paso al costado, el alba introduce al día y así la rueda gigante gira y gira. Nunca se detiene. Las bestias siguen su curso cronológico y siempre están a gusto con su hábitat. Solo yo, en mi mente, detengo al universo. Lo observo. Lo estudio. Lo cuestiono. Nada tiene sentido. El absurdo de Camus siempre está. Esa tensión que no me deja respirar con calma y perderme en un bosque. No tengo descanso. El hombre no lo tiene. De ahí su manía desenfrenada de construir, de dejar a toda costa un legado. ¿Un legado a quién? ¿A otro hombre? ¿Qué sentido tiene el ser reconocido solamente por nuestra especie? ¿Podemos acaso ser tan vanidosos? ¿Luego de la muerte del último hombre a quién le quedará nuestro legado? La pregunta duele, pero duele aún más el encontrarse de frente con la única respuesta posible. Nosotros que somos todo no somos nada. Somos una poesía que en algún momento nadie entenderá. El universo es ciego y sordo. Funciona a un ritmo diferente al nuestro. Quizás el arte solamente lo pueda rastrear. Todo lo que se explica es temporario e irrelevante en el gran juego de la existencia. El que se detiene encuentra la locura. Sí, la locura, ese corredor que lleva hacia un laberinto interminable, algo así como la biblioteca universal de Borges. No debo detenerme. No debo hacerlo.

Miro al finado. Pero se ha detenido. Abel está en este cuarto. ¿Qué habrá querido decir con ese: no debo detenerme? Cierro los ojos. Pito el cigarrillo. Exhalo. El ritmo de mi corazón es lento, demasiado lento. Siento una pereza extrema. El vivir me pesa. Me hunde contra la pared del ático. Hace bastante que no me pierdo en ningún lado. Hasta extraño la ridícula búsqueda del travesti por parte de Antonio. Tarareo una canción. No sé cuál. No importa. La música por un momento tiene la cadencia del universo, no razona se desenvuelve y punto. La tormenta arrecia y Abel se desparrama en un sueño inviolable. Lo único que puedo hacer es seguir violando este diario de páginas amarillentas que data de hace ya veinte años. Leo dos páginas más y me detengo en otro pasaje:

Moverme. Sí. Moverme continuamente no tengo otra. Vivir obsesivamente si es que se puede hacer tal cosa. Ser compulsivo en todo lo que hago. Dejar que todo me imbuya, me penetre sin ofrecer resistencia alguna. Perderme en la especulación infinita del que tiene todo el tiempo que perder y prefiere no hacerlo. Eso y nada más. Vivir como un paintre Maudit en los tiempos de Modigliani. ¿A qué más puede aspirar un hombre? Denme todo y más, llévenme allá donde la flor confronta al desierto y rehúsa secarse. Quiero esa terquedad. La terquedad de Zaratustra y Baudeliere. La edad que me toca vivir me duele, me apuñala en cada crepúsculo, me sofoca en cada alba, me aburre hasta el hastío en cada mediodía. ¿Quién puede elegir no vivir?

Dormir, dormiré cuando la fatiga sea tal que mi cuerpo avasallado por un cansancio brutal se desplome al fin sin interludios entre el mundo consciente y el inconsciente. ¡Si solo pudiera experimentar un poco de lo que nos contó Artaud!

El mundo gira, se detiene, gira nuevamente. No me importa. No me interesan sus tentaciones. Pero el otro mundo, ese que habita más allá de las pasiones humanas, tan efímeras como el braceo de un ahogado, tan mezquinas como la limosna de un usurero, ese mundo tan griego como inmortal, ese es el mundo que quiero. Estoy harto de la arrogancia de nuestro tiempo. Quiero escuchar a los muertos, escucharlos hasta matarme de risa o ahogarme en lágrimas. Quiero ser humano nuevamente. Vivir entre ellos. Emborracharme con Modigliani y Soutine y gritar a los cuatro vientos que Picasso no dio un centavo por la vida de Max Jacob. Quiero dejar de ser al menos por un día el infeliz hombre pintado en una cerámica japonesa, tan pulcro, tan formal, tan inmóvil. Quiero alcanzar a la geisha que del otro lado me mira sin pestañear, sin inquietarse, sin desearme. ¡Sin desearme! Pero Dante ¿cómo dijiste, Dante? Ah, ya recuerdo: Perdida la esperanza, vivimos del deseo.

Moverme. Sí. Moverme continuamente. Moverme hasta el momento final. Ir de acá para allá. Vivir como el Don Juan, pero en vez de disfrutar diferentes mujeres todos los días quiero también saborear distintas calles, cortadas, plazas, aceras, balcones, tejas. Eso y no otra cosa es lo único que puede afirmar, inclusive justificar mi existencia.

Miro al muerto. Lo miro y mi corazón se

ablanda, mi rostro se tensa hasta romperse en lágrimas. ¿Cómo despertarlo? No, no puedo hacerlo. Abel, mi querido Abel, aún muerto estás más vivo que nunca. Qué cadavérico es el mundo. Qué descompuesta y podrida se encuentra el alma humana. ¿Nietzsche, cuándo fue el nacimiento de la tragedia y cómo terminaste mi querido compadre? El mundo le pertenece a los inadaptados. Me seco las lágrimas con el reverso de la mano izquierda. Dejo el altillo con sus bastidores, sus oleos, sus acrílicos y por supuesto Abel. ¡El muerto! Río. Río a carajadas. El finado está más vivo que los que asistimos a su entierro.

Perdí la noción de la hora. Hace un rato que estoy sentado a oscuras en la cocina. Café en mano y un poco más allá, a la derecha, una botella de ajenjo, cómo la habrá conseguido Antonio, una cuchara, unos terrones de azúcar, y agua helada. Ya bebí dos absinthes y como ya dije sigo sentado en la oscuridad total.

Alguien abre la puerta. Tacos altos. ¿Jezabel? La luz de la cocina se enciende.

—¿Julio?

—¿Qué hora es?

—Cinco y media.

Jezabel se sienta. Jezabel, la hermosa Jezabel con su vestido beige oscuro. Su busto es el punto de origen de un escote en V feroz. Sus hombros pálidos como el mármol. Jezabel, siempre cerca, siempre removida, con esa carita de niña de orfanato y esas pinceladas de demencia que la hacen aún más interesante. Jezabel, ahí, frente a mí, alcanzable y sin embargo inconquistable.

—¿Siempre me vas a mirar así?

Encojo los hombros.

Enciende un cigarrillo y por un instante me parece ver a Jeanne Hubertene a punto de tirarse por la ventana.

—Tenés el rímel corrido.

—Gajos del oficio...

—¿Oficio?

Pita el cigarrillo, el humo plateado danza, su rostro se borronea, sus ojos son aún más oscuros que de costumbre. Si pudiera ser Amedeo Modigliani...

—¿Estabas solo?

—No, Abel está en el altillo.

—¿Y Antonio?

—No sé.

—Entonces estabas solo. —Sus ojos se detienen en la botella de ajenjo. —Me preparas uno.

Vierto el licor, coloco la cucharita sobre el vaso, el cubo de azúcar brilla como un copo de nieve, lo rocío con agua helada hasta que se disuelve por completo. El vaso toma un color blancuzco borroso.

—No sabía que lo preparabas tan bien y tan rápido.

—Un polaco me enseño hace años.

—Un polaco, ¿eh?

—Sí ¿por?

Jezabel pita el cigarrillo, sus cachetes se hunden, lleva el vaso a sus labios, bebe con pequeños sorbos. Sus ojos brillan como debió haber brillado el sol del primer día, limpios, puros, llenos de energía a pesar de la hora.

—No, por nada...

Jezabel disfruta el absinthe, lo mueve de lado a lado en su boca, lo siente, sus ojos se ponen vidriosos como conteniendo un llanto que siempre espero y nunca llega. La miro con detenimiento, la estudio como un pintor y me veo en Montparnasse, pobre, destituido de todo, hasta de la vida, pero con el alma pura, más pura que la del mismísimo Dios. Porque vivo y no espero nada, porque soy deseoso de todo y me la banco sin tener nada.

—¿Qué pensás?

—Pienso en Modigliani y Jeanne...

—Yo por la ventana no me tiro.

—Y yo no tengo tuberculosis. Solo disfruto el ajenjo con vos.

Fuma lentamente, ella lo hace.

—¿De dónde venís?

—De la calle como todo el mundo.

—Sí, ¿pero de dónde exactamente?

Suspira. Empuja el vaso hacia el centro de la mesa. Le preparo otro absinthe. Su rostro se endurece, su mirada se pierde hacia el costado y abajo.

—Jezabel—

—¡De la calle vengo! ¿Querés que además te lo explique?

Me tapo la boca con la mano derecha.

—¿Te doy vergüenza?

—No. Nunca.

—¿Y ese gesto entonces?

—Eh... la sorpresa.

—La vida no es lineal, Julio. —enciende otro cigarrillo, lo pita y antes de exhalar bebe un poco de ajenjo. El humo se pierde en la copa empañando el vidrio—. Hay tanta gente sola. Tanta gente que da vueltas y vueltas en un laberinto más cruel que el de Dédalos. Te voy a contar porqué lo hago, Julio. Sí, sí, te voy a contar todo, total vos ya me juzgaste.

—No, yo no—

—Sh, sh, escuchá, sólo escuchá. Hace mucho, ya no sé cuándo perdí a un hermano, báh, mi único hermano porque Gabriel me abandonó a los lobos ni bien se enteró de mi "otro" trabajo. Oscar, Oscarcito, así lo llamaba yo, era hermoso, Julio, Oscar era un tipo tan bueno, tan sensible. —Jezabel se detiene como para recordar algo o quizá para olvidarlo—. Nunca mostró maldad alguna. Si una araña, esas finitas, se caía en el lavamanos, Oscar la sacaba con un cuidado extremo y la ponía a salvo en algún lugar. Amaba todo. No comía animal alguno. Sus ojos eran grises, melancólicos, siempre al borde del llanto. Era frágil de salud. Siempre con problemas de intestinos y bronquios. Además de chico, como a los cinco años, se fracturó la tibia y el peroné al caerse de un árbol y una pierna le quedó más corta que la otra. No me acuerdo si era la derecha o la izquierda. En fin, quedó rengo. A los dieciséis más o menos comenzó a aislarse del mundo. Se encerraba por largas horas perdido en la lectura. Amaba las tragedias griegas y más tarde a los veinte o por ahí le agarró la locura de Rimbaud y D'Anunzio. Amaba las pinturas de Soutine y admiraba a Gauthier. Nunca le conocí una novia, aunque una noche se derrumbó frente a mí luego de que una morocha de la facultad no le diera pelota debido a su cojera. Nunca entendió lo importante que es la apariencia física en esta vida. —Moquea un poco, suelta unas lágrimas. Bebe, fuma, bebe un poco más—. De un día para el otro se fue de casa a vivir a una pensión donde comenzó a pintar.

Pintaba mayormente prostitutas o monjas. Las veía del mismo modo...

—¿Monjas y prostitutas en la misma bolsa?

—¿Y por qué no? si ambas viven en el infierno. Las primeras nunca llegan al orgasmo aun estando enamoradas, y las segundas alcanzan demasiados orgasmos sin conocer el amor. El decía que solo esas mujeres conocían la soledad y las sustentaba la fe. En esa pensión pasaba semanas enteras pintando de manera febril. A veces no comía durante días. Solo dormía cuando el cansancio lo derrotaba. Y cuando destruido se desplomaba frente a una prostituta, la tipa le vaciaba el cuartito. Le robaba lo poco que tenía y, sin embargo, al recobrar las fuerzas, Oscar la invitaba nuevamente y le aumentaba el sueldo. En un momento llegó a pintar tres óleos por día. Pintaba de manera frenética. Bebía ajenjo a más no poder. Terminaba los retratos en un par de horas. Y la mayoría de las veces, nublado por la bebida, retorcido por una vida que lo había descalificado por ser cojo, se abalanzaba sobre la prostituta, para él mujer sagrada, y la amaba hasta que su cuerpo sucumbía al cansancio. Una o dos monjas también lo amaron con esa forma torpe y bruta, mezcla de vergüenza e ignorancia presente en las mujeres que han permanecido vírgenes entradas sus horas extras.

—Se detiene. Me mira por un instante. Sonríe un poco perdida—. De a poco el cuarto se convirtió en un refugio para cualquier desventurado. Desde desocupados, hasta embarazadas. Desde mujeres abusadas hasta discapacitadas. Una vez, Oscar me dijo como hizo un desnudo de una pobre muchacha de Rawson a quien a los doce años le tuvieron que amputar los dos brazos hasta el codo y la pierna derecha casi hasta la cadera después de haberse resbalado en Retiro y caído a las vías del tren. La pobre diabla se desnudó y dejó sus miembros, o los pedazos que le quedaban al aire libre. Por primera vez le mostraba sus muñones al mundo. Y Oscar, con su solidaridad habitual se desnudó frente a ella, la besó y la pintó en un color sepia hermoso. Mi hermano me contó como de a poco ese cuerpo tullido cobró una belleza casi divina. Una belleza que solo se encuentra en las esculturas clásicas incompletas de la antigua Grecia. Ah, y a esa mujer, esa misma a la que los hombres le huían despavoridos, Oscar la amó durante más de un año. Todo lo que el mundo rechazaba, Oscar lo recibía gustoso. Sin ser homosexual, amó a un puñado de hombres cuando destrozados llegaban a su pensión. Los pintaba, les pagaba, y si la marginación de estos tipos era insuperable, él los amaba. Yo lo visitaba regularmente y hasta posé en dos desnudos. Así vivió durante años hasta que un día una gonorrea brutal lo mandó al hospital. Durante el tratamiento lo diagnosticaron HIV positivo. A eso le siguieron bronquitis espantosas, inflamaciones intestinales hasta que se lo llevó una neumonía en el invierno de 2005. Yo... en ese momento, sin ninguna habilidad para la pintura, decidí seguir sus pasos, Julio...

—¿Y no tenés miedo de lo que te pueda pasar?

—Todos acarreamos nuestra condena de muerte...

La miro en silencio. La casa me parece enorme. Mi universo se centra en ella o ella es mi universo. Su rímel corrido la hace aún más humana, su cansancio visto a través del humo del cigarrillo borronea sus contornos. La amo. Amo a esta mujer, pero no me atrevo a decírselo.

—Bueno, ya está, Julio... Ya ves, no soy lo que creías.

No, no, no lo sos. Sos mejor, de alguna manera sigo en silencio.

Jezabel se levanta, acaricia mi rostro, su mano húmeda es un bálsamo. Me besa con labios brillosos y aliento a tabaco y ajenjo. Su cuerpo todo es algo indescriptible. Tiemblo. No me controlo. La quiero besar. Me levanto. La tomo de la cadera. La aprisiono contra mi pecho. Jezabel se larga a llorar. Mi mano recorre su rostro. La tomó del pelo la empujo hacia mí. Estrellamos los labios y nuestras lenguas edifican un puente donde lo primario tiene vía libre para ir y venir.

—No, Julio, no yo... yo...

Mi beso la ahoga; su pureza me santifica. Lo que tiene que decir no me importa.

La vida y la muerte... ¿a quién le pueden importar cuando el deseo es la única brújula?

Los dos estamos tirados boca arriba en el suelo. Los dos exhaustos. Los dos empapados. Los dos fumamos en silencio. Jezabel llora, yo sigo asombrado con mi salvajismo. Veo su cuerpo cubierto con una pátina brillosa, su piel aún erizada, su busto elevarse con leves espasmos. La veo a toda ella. A la santa y a la prostituta feroz. Veo los arañazos que le debo haber asestado en un momento de locura pasional. Veo pequeños arroyos de sangre recorrer su humanidad. Mis uñas muestran retazos de su piel. ¿Qué demonio me poseyó que ni siquiera recuerdo? Por un segundo me siento como Baudeliere debió haberse sentido con su amante negra como el ébano. Elevo levemente la cabeza y me doy cuenta de que yo también tengo arañazos brutales, largos y profundos. Una vez consciente, el ardor de las heridas me provoca un malestar endulzado con la memoria de la lujuria. La pasión no es más que una abeja terrible que brega y trabaja y siempre deja un aguijón enorme de recuerdo. Busco en las paredes alguna forma que le reintegre algún orden a mi mente. Estoy en blanco. No, no estoy en blanco, estoy azorado. Todo esto me tomó desprevenido. Ese ser hambriento e irracional nació de algún recoveco de mi ser. La libertad desmedida no tiene nada que ver con el libertinaje. A esa libertad, esa que no es más que un recuerdo y una sensación de vacío inmenso, ya la extraño como lo más preciado que tuve en mi vida. Pito el cigarrillo, una nubecita de humo azulado danza y se pierde en el aire. La miro nuevamente. Sus ojos, vidriosos, permanecen inmóviles, sus pestañas, negras, negrísimas ni se tocan. Toda ella en cueros es algo que nadie puede atrapar. Ni Rafael, ni Miguel Angel, nadie. La blancura de su cuerpo, las sombras de su contorno, la simplicidad de esa curva o ese salto entre caderas y piernas, la tentación de esos labios dulces como ciruelas... ¿cómo pensar que algo tan hermoso puede caminar entre la fealdad del mundo? Algo tan sincero como la belleza desnuda que es bella por eso mismo, no por cubrirse sino por descubrirse. Jezabel fuma, inhala y tarda un poco en exhalar. Su sollozo es casi el de una niña, bajo pero constante. Su ombligo es el testamento de su humanidad. El frío del suelo de alguna forma neutraliza el infierno que siento en mis venas.

Recién he empezado a vivir. Lo otro, mi pasado, mis días, mis meses, mis años deben haber sido solo una preparación para lo que viví momentos atrás. Lo que viví momentos atrás, qué necedad, vivir toda una vida para algo que se me escurrió preso de la pasión más desbocada. ¿Epifanía? Tal vez, ¿pero de qué sirve ese momento si una vez vivido ni siquiera puedo recrearlo en mi mente? La memoria solo es útil para lo ordinario. Lo extraordinario es irrepetible, aún para los archivos de nuestra mente.

—Jezabel... Jezabel...

Da vuelta el rostro, el cabello cae sobre sus ojos, sus labios permanecen entreabiertos. Me observa, sollozando.

La acaricio.

—No... no fue mi intención, Jezabel.

—Nunca lo es...

—Tenés que creerme.

—¿Verdad o mentira a quién le importa?

—A mí, a mí me importa.

Observa el techo, pita el cigarrillo, suspira.

—Jezabel, me tenés que creer...

—¿Acaso creerte cambiaría algo?

Frunzo el ceño.

—Pero no quiero cambiar nada. —Mi mano acaricia sus pechos.

—¿Entonces para qué tratás?

—No, no, yo solo quiero explicarte que—

—Shhh. La vida no necesita explicaciones de ningún tipo o ¿acaso vos sabés porqué apareciste en este mundo? Toda explicación está de más, Julio.

Fijo los ojos en el marco de la ventana, esa ventana apenas abierta que da al jardín. Es rectangular, la veo, reconozco su forma, la entiendo y sin embargo mi universo es algo gelatinoso que se contrae y expande de acuerdo con su voluntad.

—Nunca viví esto, Jezabel.

—Nunca viviste entonces.

—No salvajemente...

—¿Es extraordinario no te parece?

El humo de nuestros cigarrillos se entremezcla, forma siluetas, danza, se azula, desaparece.

—El domesticar no es bueno, Julio. No se puede vivir encerrado en una maraña de conductas a seguir de acuerdo con esta o aquella actividad...

—Pero ser bestias, Jezabel...

—Requiere una bravura fuera de lo común. Lo común te mata, Julio, aún en vida te deshace.

—Recuesta su cabeza en mi pecho.

—¿Por qué llorás?

—¿Por qué no?

—No... no sé...

—Preguntás demasiado, Julio. —Jezabel me besa el pecho, lame unos hilitos de sangre ya casi secos. Lentamente me escala, jadea, sus labios alcanzan los míos. Me besa. Su lengua recorre todos los puntos cardinales de la mía. Nuestros labios se separan, su cuerpo se desmorona al lado del mío nuevamente. El fuego me consume.

—Me podría quedar a vivir así como estamos ahora, sin moverme jamás. —Sonrío.

—La vida es movimiento, Julio. Solo la muerte es rígida

—Tal vez la muerte sea más benigna, seguramente es más calma.

—Tal vez.

Jezabel enciende otro cigarrillo. Sus cachetes, pálidos como el mármol, se ahuecan, sus labios se tensan, su busto se eleva. Es algo hermoso.

Permanecemos en silencio durante largos minutos. Solo escucho su respirar y ella debe escuchar el mío. Aún no encuentro ninguna forma a la cual aferrarme. La vida, hoy, es algo elástico, infinito, sin punto de partida o de llegada. Es algo así como el cielo visto acostado en una meseta patagónica. Todo es un azul profundo e inevitable sin márgenes, sin intromisiones de horizontes u otras cosas.

Todo límite es una prisión, aún los considerados inalcanzables. El ser humano debe vivir en absoluta libertad tal como decía Artaud, ¡si solo pudiéramos!

—En momentos como este uno se da cuenta de que el tiempo no existe.

—Solo existe el ahora, Julio. Lo otro es una trampa humana, pasado, presente, futuro ¿qué son sino límites? Pensá que el futuro se disuelve en el presente, nunca se vive, el presente se congela en el pasado apenas llega y el pasado no es más que una memoria equívoca y subjetiva de algo que ya no volverá, y encima cambia a nuestro antojo, a veces para bien otras para mal. Todo depende de nuestro estado de ánimo. Lo único que hay es el ahora pero nunca como sinónimo de presente sino ello reivindicaría al futuro y al pasado. Solo importa vivir no en días y noches sino en vivencias. —Se frena en seco, pita el cigarrillo—. Ah, pero es tan difícil...

—Sos hermosa, Jezabel...

—No, Julio, solo soy... sin adjetivos. Los adjetivos te condenan, los verbos te liberan.

La acaricio. El frío del piso me causa cosquillas diminutas. Su piel, aún mojada, es como un paño pegajoso y fresco que se adhiere a mi piel causándome una sensación de bienestar que no quiero perder. A nuestro alrededor, en el suelo, debe haber más de diez colillas dando vueltas. Testigos únicos de un momento como ningún otro.

Jezabel se levanta de golpe.

Imploro con mis ojos.

—La vida es movimiento, Julio, ¿te acordás?

—Pero tan rápido.

—No empieces con los adjetivos.

—Pero son las nueve de la noche...

—El tiempo no existe...

—Las vivencias solamente, ¿no?

—Exacto.

Jezabel me hace cosquillas en el ombligo con los dedos de los pies. Sonríe, sin razón alguna se quiebra y se larga a llorar.

—Jezabel...

Demasiado tarde, ya se perdió en el baño y solo me queda la soledad, agrandada y punzante como pocas veces.

18

Antonio desapareció. No lo veo desde hace semanas. Seguramente anda pintando por algún lado. Lo extraño, carajo, lo extraño al loco. El muerto debe haber sido cremado o enterrado en algún lado porque del finado no hay señal alguna. Me siento solo, hasta algo desprotegido. La intimidad que tenía el altillo con las pinturas, el olor a óleos y acrílicos, húmedos o secos, las imágenes de cuadros a medio pintar o pintados, todo eso se esfumó de este improvisado atelier. Antonio es el alma de todos y este hueco es algo así como un caparazón sin ningún bicho adentro. Es un tinglado abandonado, una tribuna vacía. Se fue la pasión, la locura, la vida. Me gustaría ponerme a pintar, no me animo. Hay tipos que nacieron para apreciar el arte nunca para crearlo; yo soy uno de ellos. Lo admiro, lo mamo, pero no nace en mi interior.

La taza descansa en mis dedos entrelazados, las muñecas en el frío mármol de Carrara de la mesa del patio. Allá donde nunca voy a llegar, un convoy de nubes enormes surca el azul diáfano como el cielo de Ushuaia. Hace bastante que no tengo ninguna alucinación, al menos no veo a esa pareja tan extraña. Esa que se la pasa tomando notas. ¿Quiénes serán, qué querrán, cuántas veces me habrán estudiado desde una esquina o detrás de algún espejo?

Jezabel anoche no volvió. Se fue vestida con una solera amarillo patito, una capelina color rojo furioso, un collar de perlas blancas, y unas sandalias rojas con vivos blancos. Su rostro estaba fresco, irradiaba vida con sus ojos vivaces y movedizos, su pelo caía como una cascada sobre sus hombros desnudos. Tomó las llaves de la mesa junto a la puerta, la abrió y se fue sin decir nada, aun cuando me vio recostado contra la pared del living. Mis ojos la llamaban, mi boca no pudo decir palabra alguna. Solo dejó su fragancia de jazmín que olí con urgencia. Son las ocho de la mañana. Abajo Buenos Aires se desenvuelve con la indiferencia de las grandes ciudades y hoy ni siquiera sabe de mi existencia. ¿Mi existencia? ¿Quién sabe hoy que yo existo? ¿Yo? ¿Qué es una vida sin testigos sino el grito de un desesperado en un mundo de sordos? Miro mis manos, las estudio. Estudio las venas que las recorren como el arado recorre la tierra, estudio sus pecas y sus manchas, sus arrugas y sus uñas, flexiono y estiro mis dedos. Estoy vivo, al menos mis manos lo están. Sin embargo, en mi interior hay un nudo enorme que me tiene estancado. Me toco la cara, el pecho, el estómago, los genitales, las piernas. Sí, soy yo, soy Julio y por alguna razón hasta mi cuerpo me parece foráneo. Algunas veces me siento levitar. En cuestión de segundos quedo suspendido en algún lado que no es el hoy y ahora. No es un viaje astral tampoco. Es como si mi consciente se retirara de mi cuerpo y me observara desde algún rincón del universo. No hay viaje de ningún tipo, solo una mirada fría como la de un investigador sobre el objeto central de su estudio. En esos momentos no siento nada. No respiro, no trago, no me muevo, nada. Simplemente estoy ahí, existo, sí, pero no puedo hacer nada de nada. Esos momentos me aterran. A veces imagino que la muerte es algo parecido. Algo que nos roba la posibilidad de hacer y nos deja en coma en algún ropero del universo como quien guarda un blazer ya demasiado viejo. Lo cuelga, lo empuja al rincón más lejano y ¡paf!

El saco nunca más ve la luz del día. Muchas veces esa misma sensación me llevó a la inactividad completa. Al sentimiento de ser al fin y al cabo una representación épica, inoperante, y ridícula del tedio insoportable que emana de un absoluto perdido en su propio laberinto. Siento que mi vida da vueltas y vueltas, se pega golpes y mazazos, pero nunca, nunca llega a ningún lado. Tal vez el vivir no involucre dirección alguna. Solo rodeos alrededor de una fuerza centrífuga infernal que nace y desemboca en la muerte, tan distante y cercana para todo ser viviente.

Las nueve y Jezabel solo dejó su fragancia que ya huele a jazmín marchito. Hace unos días la amé salvajemente como en las novelas de Zola. El salvajismo de nuestro amor me hizo acordar a Teresa Raquin. Y cuando pensaba que el amarla se convertiría en algo cotidiano, al menos durante la ausencia de Antonio, Jezabel es ahora algo distante, como si una corriente subterránea, como las marinas lo hacen con los icebergs, me alejara irremediablemente de la seguridad de su costa. A la deriva, me desplazo a la deriva sin moverme, y eso es lo más extraño de todo, que aún en esta situación inerte, en esta ausencia total de movimiento voluntario, aun así me desplazo. ¿Existirá en la vida el estatismo total? ¿Existirá en la muerte? Algunas veces siento estar en ese ropero macabro, apretado contra el rincón, lleno de polillas que carcomen mis restos, lo siento, juro que lo siento... Pero claro, el sentir no es sinónimo de realidad. Mi cabeza descansa en mis manos abiertas, se restriega contra las palmas. Nunca he logrado vivir en un lado solo de la existencia, como hace la gran mayoría. Mis días transcurren en una sucesión continua de cámaras y recámaras, puertas que se cierran mientras otras se abren, con viajes a las antípodas de mi ser y su subsecuente regreso. A veces todo es calmo como una melodía de Mozart pero otras son todas tempestades como las de Beethoven. Lo que sí sé con certeza es que en ningún lado me hallo. Soy el eterno jugador de escondidas que nadie descubre. Todos saben que soy parte del juego sin embargo no me encuentran, quizá ni siquiera me buscan. Vivir escondido. Qué idea hermosa. Escondido de la vida y de la muerte, los dos impostores más grandes junto a ese invento humano llamado Dios. Esa y no otra es la única posibilidad de conocer la inmortalidad. Si el ser no tuviera verbo alguno, vivir o morir no serían más que dos sonidos huecos en los oídos del alma. El ser que no es lo mismo que el verbo ser. Sí, el ser y punto. ¡Qué liberación, Antonin Artaud! Qué correcto estabas y cuánto daño te hicieron. Las torturas que soportaste.

La locura humana de enviarte a un manicomio cuando la sociedad es la enferma. Oh, Antonin, hoy te siento en mis hombros. Hoy tengo miedo de ver al anteojudo y a la mujer esa. Hoy no quiero ver libretas ni apuntes. Hoy solo quiero ver a Jezabel. Quiero amarla sobre un lienzo mojado de Antonio. Y entre jadeos y orgasmos pintar nuestra herencia.

El café está helado. Busco más en la lacena. No hay. A comprar se ha dicho. Abro la puerta. Salgo. Cierro con llave. Bajo a Buenos Aires, camino entre la gente. En segundos me convierto en uno de ellos... y en ninguno.

¿Y todo lo que sentí minutos antes? Nadie lo sospecha. El hombre, aún en la muchedumbre, está solo. Solo como un cardo en el desierto. No hay nada más absurdo que el ser humano.

19

El otro día apareció Abel. Raro porque nunca lo vi llegar de día. Antonio y yo estábamos tomando un cortado. El tipo llegó, se acercó hasta la cocina con pasos pesados, metió la cabeza por la puerta semiabierta y con una vocecita suave, casi femenina, dijo: «Buen día».

Antonio lo miró un segundo, cabeceó y se volcó a su taza de café. Yo, bueno, yo no supe que decirle si siempre lo vi muerto al pobre. Lo miré, es más, lo estudié durante varios segundos. Abel me mantuvo la mirada. No pestañeó. Su rostro permaneció impávido, como atrapado en una telaraña que todo lo estanca. Ni siquiera una sonrisa o un rastro de alguna emoción presente o pasada. No. Solo un rostro duro como una roca. Hasta con las mismas imperfecciones de la piedra caliza. Esa mirada, la del finado, me pareció helada. Antonio me palmeó el antebrazo.

—Ya se fue.

—¿Quién?

—Abel, viejo, Abel no está. Se piantó.

Miré al tipo; lo miré a Antonio.

—Está en la etapa del velatorio.

Abel nos seguía mirando con ausencia total de movimiento. No tragaba, no movía los dedos, su respiración, si respiraba, era indistinguible. Su cabeza, enorme, orejudo como pocos, llena de pozos e imperfecciones con líneas o arrugas, la verdad le daba un tono jurásico a su persona. Su cabello renegrido y revuelto, caía mansamente, grasoso y opaco, sobre el cuello amarillento de una camisa tan vieja como él.

—Cha-cha-chau... —Y partió hacia el altillo.

Mi boca se abrió de par en par y Antonio me metió de prepo un cañoncito de dulce de leche. El azúcar impalpable me pintó los labios. Antonio bebió un sorbo de su café.

—Ahora se desploma y listo. Cuando menos lo pensás se levanta y se las manda a mudar.

Mastiqué el cañoncito como pude.

—Así ve los espacios cerrados el pobre.

—¿Es claustrofóbico?

—¿No te parece? —Antonio pareció

256

sorprenderse.

—No te entiendo...

—El pobre es corredor... Va para todos lados. Odia su trabajo. Pero ama el ir y venir. Lo que lo mata es ese impasse entre la ida y la vuelta. Esa inmovilidad, algo así como el bloqueo del escritor, lo destruye y se siente morir.

—Leí parte de su diario...

—Ajá.

—¿Pero, Antonio, vos de veras pensás que alguien entiende el estatismo?

—Hay mucha gente que lo busca como una zona de comfort.

—Enfermos... todos enfermos.

El café descansaba en mis dedos entrelazados. Desde el altillo se escuchó a alguien tirar la cadena y pegar un portazo.

—Ya está. Ya pasó el duelo. Lo que tiró por el inodoro fue la cadena que lo atormentaba.

—Se liberó.

—Hablando en serio el final es el principio, al morir comenzás a vivir.

—Pero en su diario dice que al no poder vivir prefiere morir.

—¿Y dónde te crees que empieza la vida? En el fondo todo es un círculo. Y todo contiene todo. Te levantás donde te echaste a dormir, te caes donde estabas parado... Los opuestos no son más que la espalda del mismo cuerpo, le dan forma, lo equilibran, lo finalizan... Claro después ese cuerpo debe largarse a andar. Y Abel anda, el tipo le da a los tamangos, yira y yira, y cada viaje es una experiencia única, Julián. El loco nace en cada jornada, ve, absorbe, aprende, se reinventa a diario, se lamenta, se regocija, disfruta, sufre, ve la puesta del sol, la noche, y al final muere. Al día siguiente lo hace nuevamente y repite todo y todo toma un tinte diferente. ¿No ves, Julián, qué ese es el secreto? En cada viaje vive una vida como Don Juan Demarco lo hacía con cada amante. ¡El tipo es el inmortal de Borges! El estatismo de la espera lo destroza. Sísifo no tenía espera alguna. Al llegar a la cumbre de la montaña con su roca no se podía detener porque la cumbre era tan angosta que la roca se desbarrancaba. Y así es la vida, cargas tus sueños, los empujas, te desvivís por ellos y al llegar a la cumbre se desbarrancan y no te queda más que perseguirlos. Si los mirás desde las alturas, inmóvil y desahuciado, la vida no tiene sentido. ¿Ahora entendés porqué Abel elije la muerte entre viajes?

—Pero todos buscamos lo permanente...

—Quimera de quimeras, Julián.

—Supongo que Dios no te interesa...

—Me interesan sus creadores... Los pinto, los desmenuzo, los reordeno de acuerdo a mis ideas, altero la realidad con la brújula de mis

emociones. Lo otro, la búsqueda de lo permanente, de ese lugar donde nada cambia y todo
es como debería ser lo dejo para los temerosos.
Yo, Julián, prefiero tirarme de cabeza en el
abismo de Nietzsche.

—¿Pero y todo esto qué es?

—Movimiento y reciclaje constante.

—Hoy soy y mañana no...

—No. Hoy sos y mañana serás otra cosa...
El agua fluye, se condensa, cae del cielo, se
hace arroyo, río, mar, calma la sed de la tierra
partida, la sed de los hombres y los bichos. El
agua, Julián, es la respuesta a todo. Siempre
inodora, incolora e insípida. Flexible, tenaz,
paciente, pujante, regenerativa. El agua, Julián,
mirá el agua y lo entendés todo. Dejá que todo
fluya a través tuyo. Cuando te hacés dique la
vida te hace añicos.

—Pero tu arte es un dique. Es una afirmación.

—Una afirmación virtual de mi existencia.
Nada más. A la vida no le importa. Pero yo lo
uso para justificar mi existencia.

—¿Justificar tu existencia?

—Solo el hombre se puede justificarse a sí
mismo. Es el regalo que nos da la vida, Julián.
Ella se contrae y en una contracción nos manda
al ruedo y nos dice: «Ahí estás. Ya te di el regalo
mayor. Ahora vos hacé lo que se te ocurra. El
único requisito es que al morir te recicles en

algo. Lo demás no me importa.» Esa libertad que nos da entre ese momento y el final es fantástica. Y yo de alguna forma quiero justificar ese regalo. Hacer algo, aunque todo al final termine en la nada, es lo único que me interesa. Lo demás son estupideces.

Recuerdo que esa mañana, luego de que Antonio saliera, me quedé solo en la mesa por horas. Me redescubrí a mi mismo, bah, si alguien puede hacer semejante cosa. Toqué mis manos, mis ojos, mi boca, mi cabello. Me estremecí por este manojo de órganos, huesos, músculos y piel que soy yo hoy. Hoy y nunca más. Toqué la mesa y reí desaforadamente. Todo lo mundano se convirtió en un milagro. Soy irrepetible, me dije un par de veces. Soy único e irrepetible, pero con una condena en el cuello. Allá a lo lejos o quizás acá nomás la parca ríe por adelantado, afila su hoz, me sigue con sus pasos inaudibles pero seguros, me estudia, busca la oportunidad, que llegará irremediablemente, para reclamarme. No me pertenezco a mí mismo solo mi tiempo me pertenece y a medias. Solo mi tiempo... solo mi tiempo... ¡cuánta riqueza y cuánta pobreza! Solo mi tiempo... solo mi tiem... solo mi... solo... so... tic-tac-tic-tac-tic-tac-tic-tac—tic-tac... el reciclaje

20

Estoy en un pozo depresivo. Nada me motiva. Nada me importa. Me cubren el desgano y la apatía. No sé qué pasa. A mi alrededor todo es distinto. No me encuentro. Esas ganas de absorber todo el caos de esta casa se me escurrieron por algún lado, algo o alguien me tiene en su puño y me retuerce y escurre como a un trapo mojado. Todo se hace más lento, insoportablemente lento. El tiempo no pasa, al contrario, es algo asquerosamente pegajoso que no me puedo arrancar y de a poco me enquisto en el estancamiento total. Antonio y Jezabel me contemplan desde lejos. Detrás de un biombo o algo así. Los veo, a los dos veo, ceñir el ceño, menear la cabeza, estudiarme en el silencio absoluto. El silencio más opuesto a la vida que pueda existir. Algo así como el lenguaje de la nada. No es la nada, no puede serlo. Pero el sonido es la prueba de la vida. En cambio este silencio... Quiero llamarlos, pero mi mente está ausente. Me siento perdido en las antípodas de la rapidez intelectual. Los colores me parecen opacos, gastados, usados, como si se destiñeran no bien pongo los ojos en ellos. El susurro del viento entre las hojas, ese que siempre me detuve a escuchar, no me causa el más mínimo interés. Es solo un ronroneo afónico de un arroyo lejano para alguien que encuentra al agua ordinaria. No he visitado el atelier de Antonio en más de una semana. Ni siquiera tengo claro dónde duermo cuando los párpados me pesan demasiado. Las ropas que tengo las desconozco por completo. Mías no son. Son de un mismo color: azules, monótonamente azules. Pestañeo a menudo, muy a menudo. Mis ojos poseen la aridez del desierto. Mi nariz es una extensión de mis ojos. Por las mañanas, al sonarme la nariz por primera vez, dos hilos rojos ruedan hasta mis labios. De la hermosa travesti que enloquecía a Antonio solo tengo el recuerdo del adoquín sobre el hombro del pintor. Nunca la conocí y de a poco se fue convirtiendo en una memoria en el ático de mi mente. Los trabajos de Antonio aún me despedazan con el hacha de Kafka y al cerrar los ojos el pánico de todo este mundo converge hacia mi ser y tiemblo. Oh, cómo tiemblo, tiemblo como el epiléptico. Trato de aferrarme a alguna baranda y a veces me desespero y mis uñas arañan lo que encuentran; la pared, la baranda misma, mis antebrazos. Algo temo. ¿Qué?, no tengo la más puta idea. Pero algo invisible me tantea con las pezuñas de Lautrêmont. Respiro contenido, como esperando alguna noticia de esas que nos sacan de cuajo y nos echan a rodar entre cardos.

Hoy estuve pensando en Abel, en el finado Abel, y me pregunto si la existencia de ese loco no es una metáfora de la calma absoluta o la búsqueda de esta. Conciliar ese sueño imperturbable cuando todo es un caos a su alrededor es la envidia de cualquier persona que se debata cotidianamente entre el estrés de una sociedad que aliena a rajatabla, y un alma que sólo añora encontrar un refugio por más precario que sea. Un refugio, sí, un refugio para mi alma, para que se desenvuelva sin complejos, sin censuras, sin explicaciones, porque ¿cómo se le pueden pedir explicaciones racionales al ser humano si nadie, a no ser con la ayuda del misticismo y la simbología puede esbozar una explicación de la existencia? Los griegos eran racionales, pero lo eran en su tiempo y el ser racional de ellos hoy los mandaría a un manicomio o a la cárcel. ¡Cómo me hubiera gustado haber sido griego! Caminar en la academia con Platón o haber dialogado con el erróneamente destruido Epicuro. ¿Te acordás, Epicuro del alma, que vos decías que la búsqueda del placer lleva a la felicidad? Cómo te destruyeron los brutos iluminados desde el siglo XVII hasta hoy. Si vos dijiste muy claro: «No hay placer más grande que la búsqueda del bien». Entonces, Abel es lo más cercano a la Grecia inmortal y Antonio no es más que otro sufriente de nuestro tiempo que busca, y cómo busca, entrar a esa acrópolis por medio de su arte caótico y su necesidad violenta de aceptar todo y a todos. Para él, el travesti es la realización del mito andrógino. Pienso, solo puedo pensar, y aún en mi lentitud intelectual encuentro una chispa que me permite de alguna forma llevar adelante mis acrobacias intelectuales. Todavía me anda el burro de arranque. El café en mis manos acrecienta mi soledad. Y mi soledad acrecienta la necesidad de otras tazas, otras manos... Llevo la taza a mis labios, bebo y sin embargo la sequedad es abrumadora. Todo es una sequedad avasalladora. Mi mente permanece clara, horriblemente clara. Puedo ver todos sus recovecos y recámaras. Sus compartimentos secretos no los abro ni loco, me aterroriza lo que pueda encontrar. Me llevo la mano a la frente, mi piel es una lija, áspera, arenosa, rugosa. Tengo la textura de una iguana. En la mesa hay un vaso medio lleno y una tirita de plástico con lo que creo son pastillas redondas y blancas. Dos están ausentes. La verdad no recuerdo haberlas ingerido. A mi derecha Guy de Maupesant está a medio abrir, a mi izquierda no quiero ni ver. Elevo los ojos, busco el altillo y sus pinturas, pero me encuentro desorientado. Es como si alguien me hubiera hecho girar mil veces para luego forzarme a caminar con los ojos vendados. Una mitad mía quiere erguirse, pero la otra mitad es tan, pero tan pesada, que ni se me ocurre levantarme de la silla. Busco recuerdos y no encuentro ninguno. Hoy soy un chico de dos años, si tengo alguna memoria seguramente está depositada en mi subconsciente.

Hago un esfuerzo y veo el contorno borroso de una Jezabel hermosa. La veo con su sonrisa impenetrable y su tristeza demasiado penetrable. Su rímel corrido, sus moretones, sus cortes, su llanto de animal herido. La miro y no puedo dejar de mirarla, y pienso, en mi lentitud exasperante, pienso ¿no será Jezabel otra metáfora en este laberinto indescifrable que me tragó hace ya un tiempo, no será ella una metáfora de la hermosura diariamente abusada, estropeada, y hasta vejada de nuestro tiempo? Un tiempo que solo conoce la moralidad utilitaria. ¿Y qué utilidad tiene la belleza si no puede ser explotada? ¿No vivimos acaso en una sociedad a la cual no le importa el valor de las cosas sino su precio? ¿No nos importa más un tiburón en formol que un pincelazo de Modigliani? Hasta nuestro arte se ha vuelto desfachatadamente nihilista. Ya no crea solo destruye. Antonio en su pobreza monetaria, en su caos espiritual de dioses descompuestos e inútiles, en su instinto puro como el cristal más transparente, él, en esa locura ha encontrado el valor de su vida. El, sí, el loco enamorado del travesti, posee de manera efímera a la vida desnuda en su puño. Y la ve por lo que es: un vendaval de pasiones y contra pasiones, un sinsentido lleno de sentido, un caos alimentado del orden más puntilloso.

Ahora entiendo. No había otra forma. No podía ser de otra manera. Estas tres almas debían convivir en el mismo lugar y yo, yo solo soy un testigo. Abel es la calma, Antonio el caos, y Jezabel la unión de los dos. No podía ser de otra manera, la mujer recibe y recicla. Jezabel recibió la calma y el caos y en ellos se debate sin escudo alguno. Sólo empuña la espada más noble: la belleza de su espíritu. Abel duerme, Antonio pinta los sueños del muerto utilizando simbolismos para ordenar el caos, y Jezabel vive esos sueños y esos simbolismos.

Mis manos caen a la mesa. La taza de café, recién me doy cuenta, está seca. Debió estar vacía todo el tiempo. Suspiro, cierro los ojos, mi mente es un caos, un desorden hermoso, un orden desprolijo. Mi mente lo es todo, mi alma se asoma, quiero entrar a cada recoveco que poseo. Si me concentro tal vez... Un golpe en la puerta me sacude y otra vez me desenvuelvo con lentitud. Voy a la puerta.

—¿Quién es?
—Abra la puerta Martínez...
—¿Mar-Martínez?
—Abra por favor

Abro la puerta. La imagen que me recibe no tiene explicación.

21

Ya van dos días. Dos días de interrogaciones extenuantes. Interrogatorios a los que no les encuentro sentido alguno. Los tipos de blanco son tres. No, miento. Son solo dos: el de anteojos que vi tantas veces con su horrorosa libretita de tapa negra y un calvo de ojos hundidos y ojeras negruzcas con una nariz enorme llena de pelos tan pero tan gruesos que parecen lianas. El tercero en cuestión no es un hombre sino la mujer de trazos finos, finísimos que tantas veces me observó. Tan finos son sus trazos que su rostro se pierde en algo difuso cuando las sombras la envuelven. Todas las mañanas me sientan frente a ellos. Yo, un tipo vestido con prendas azules me siento como algo diminuto, algo sin sentido alguno. Lo único que hago es escuchar y responder con monosílabos. Y cuando quiero explicar algo, las tres figuras menean sus cabezas acentuando la negación hacia mis palabras. Ayer, creo ¿o habrá sido hoy más temprano? Trajeron unas doce obras de Antonio y me ametrallaron a preguntas. Con cosas sin sentido como: «¿Desde cuándo se ve usted como un hermafrodita? ¿Tan chiquitito se ve en el mundo? ¿Por qué pinta hombrecitos tan diminutos y parecidos a usted?»

Hoy me van a someter a más interrogatorios. Estoy seguro. Espero cruzado de brazos. Mis ojos contemplan el vasito de agua mineral en la mano difusa de la mujer.

Alguien tira un manojo de pinceles sobre la mesa.

—¿Los reconoce, Julio? —pegunta el de ojos hundidos.

—Parecen ser los de Antonio.

El anteojudo se toma el mentón. Su mano tiene manchas de tinta negra.

—¿Buen pintor el tal Antonio? —La de trazos finos afina aún más sus labios.

—Antonio te parte al medio de un hachazo. Es homicida.

—¿Usted pinta, Julio?

—No.

—Pero Antonio sí lo hace...

El tipo de las ojeras me parece insufrible.

—¿No ve sus pinturas acaso?

—¿Quién las trajo?

—Es lo que queremos saber, Julio. —La de trazos finos habla con una ronquera áspera, hostil.

El anteojudo saca una bolsita de un maletín marrón gastado.

—Y esto, Julio, ¿cómo lo explica? —esparce unas prendas sobre la mesa.

—¿Esto? —Las tomo. Las estudio. Un corpiño, una bombacha y una pollerita roja con vivos azules. —No tengo ni idea a qué se refiere...

—Usted, a ver, usted... —El ojeroso se hunde aún más en su cabeza ovalada como una pelota de rugby—. Usted no se siente atraído hacia el travestismo?

—¿Yo? No, ese es Antonio. Pero... estas son prendas de Claudita...

El anteojudo se quita las gafas y se restriega los ojos.

—Decime, Julio... —La de trazos finos extiende sus dedos aún más finos hacia mi mano; la saco aterrorizado. —No tengas miedo, Julio, decime, por favor, ¿por qué escribiste este diario bajo el seudónimo de Abel?

—¿El muerto?

—¿Abel, está muerto? —pregunta el anteojudo.

Me paro violentamente.

—¿Qué... qué es todo esto?

—Cristian por favor... —Dice una morocha de pecas que no había notado en la sala. Se levanta, camina hacia mí, sus ojos me aplacan. Me siento. Me toma los cachetes, sus manos son ásperas, gastadas. Me besa.

—Yo... yo... ¿Quién es Cristian? —Me hago un ovillo contra la pared.

—Julio, tu nombre... tu nombre real es Cristian. Pero como te negaste a tomar los medicamentos...

Me hundo en la silla. Mi cabeza cae pesadamente. El triunvirato se levanta y me deja solo con esta mujer de ojos calmos como el remanso de un río.

—¿Qué querés hacer con tu vida, Cristian? Soy yo, Graciela tu hermana... Si no aceptás la medicación no te van a dejar salir... —Su rostro parece quebrarse. Se contiene. De alguna forma se recompone.

—Entonces esto...

—Sí Cristian, sí. Pero aún tenés momentos de lucidez como este. Ves, no todo está perdido...

Me llevo la mano a la boca. La náusea. Es horrible, Sartre vive en mis tripas.

—Pero Jezabel... Jezabel es real, Gracie-

—Fue real, Cristian, Jezabel fue real hasta

que vos... oh, no, yo ya no puedo más... —La mujer se rompe como un dique insostenible y el llanto lo arrasa todo.

La abrazo. La empujo de golpe. La mujer se desbarranca contra la pared hasta encontrar el suelo de baldosas blancas.

—Yo qué... yo qué, Graciela contestame!

—¡Ayúdenme! —grita la mujer desde el piso. Le tapo la boca. Se sacude. Alguien golpea la puerta.

—Hasta que yo qué. Decime ¿qué carajo le hice a Jezabel?

—Oh, por favor, Cristian, dejame... dejame... No, no me hagas lo mismo...

Alguien abre la puerta de un golpe. Dos tipos enormes caen pesadamente sobre mi humanidad. Me aplastan. Me enfundan en algo blanco. Me inmovilizan. Todo el cuarto da vueltas. Alguien en el suelo llora. No tiene consuelo. Esa mujer. Esa que conoce a Cristian no tiene consuelo. ¿Quién es esa mujer de ojos hermosos que llora desconsolada? ¿Cómo tiene tantos moretones y... y... la sangre en la pared y en su rostro? ¿Cómo, cómo? Cierro los ojos. Basta Cristian, alguien grita.

—¿Quién carajo es Cristian? Déjenme, soy Julio o Julián o cómo mierda me llame. Soy contador público o lo era... en algún momento caí en esta casa. Creo que fue después de divorciarme. Estaba mal... Muy bien no recuerdo...

Me arrastran fuera de la sala. Me llevan a un altillo. Abren la puerta. Me tiran. Veo óleos. Veo a un muerto. Huelo la esencia de Jezabel.

—Callate, Julián, mierda. Callate.

Elevo la mirada... es... es... Antonio y esa hermafrodita desnuda es Claudita. Río. Río como un loco.

Alguien más alla de la puerta parece decir: dos semanas. Ni una más. Luego hay que trasla...

Ya no escucho. El eco es muy tenue. Río. Miro a Antonio y a su modelo. La extraño, mi Dios cómo extraño a Jezabel... Jezabel... seguramente vuelve de un momento a otro, con sus moretones y rímel corrido.

Qué mundo horrible el de hace unos minutos. Qué mundo horrible... qué mun... mis párpados caen. La oscuridad me envuelve. Me pierdo en el laberinto de mis sueños. Negrura total. Una luz allá, allá, sí, una luz al alcance de la mano...

Doblo en Paseo Colón y subo por Independencia, paso Bolívar y llego a Perú. Allá en un galpón reciclado en Loft hay un cartel en uno de los ventanales, escrito a mano, que reza: Alquilo cuarto. Toco el timbre y espero. Estoy un poco nervioso. Me veo a mí mismo como un mochilero de ciudad que busca pernoctar en algún refugio más o menos limpio. La pesada puerta de hierro se abre. Detrás de ella se escucha un suspiro.

—Discúlpeme. Lo que pasa es que es pesadísima.

—Ya no las hacen como antes. Esta es una joya.

La mujer, esbelta, de cabello enrulado y castaño, me estudia por un instante con sus ojos negros como el ébano. Es preciosa, ella lo es. El Loft también parece serlo.

—¿Lo puedo ayudar en algo?

Señalo el cartel.

—Son dieciocho mil pesos al mes. Los primeros dos meses por adelantado.